INK INK INK INK INK INK
INK INK INK INK INK
INK INK INK INK INK INK
INK INK INK INK INK
INK INK INK INK INK INK
INK INK INK INK INK
INK INK INK INK INK INK
INK INK INK INK INK
INK INK INK INK INK INK
INK INK INK INK INK
INK INK INK INK INK INK
INK INK INK INK INK
INK INK INK INK INK INK
INK INK INK INK INK
INK INK INK INK INK INK
INK INK INK INK INK
INK INK INK INK INK INK
INK INK INK INK INK
INK INK INK INK INK INK
INK INK INK INK INK
INK INK INK INK INK INK
INK INK INK INK INK
INK INK INK INK INK INK
INK INK INK INK INK

INK INK INK INK INK INK
NK INK INK INK INK INK IN
INK INK INK INK INK INK
NK INK INK INK INK INK IN
INK INK INK INK INK INK
NK INK INK INK INK INK IN
INK INK INK INK INK INK
NK INK INK INK INK INK IN
INK INK INK INK INK INK
NK INK INK INK INK INK IN
INK INK INK INK INK INK
NK INK INK INK INK INK IN
INK INK INK INK INK INK
NK INK INK INK INK INK IN
INK INK INK INK INK INK
NK INK INK INK INK INK IN
INK INK INK INK INK INK
NK INK INK INK INK INK IN
INK INK INK INK INK INK
NK INK INK INK INK INK IN
INK INK INK INK INK INK
NK INK INK INK INK INK IN
INK INK INK INK INK INK
NK INK INK INK INK INK IN

INK

文學叢書

113

明明不是天使

林維◎著

目次

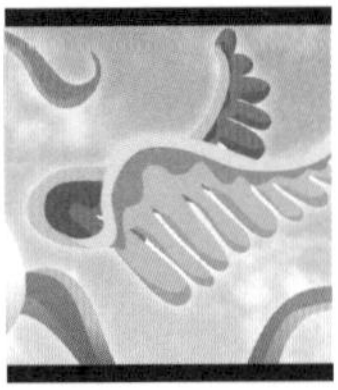

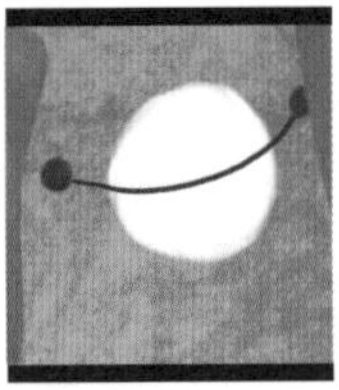

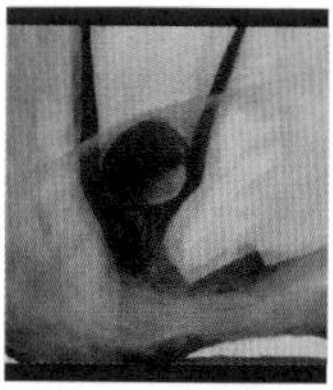

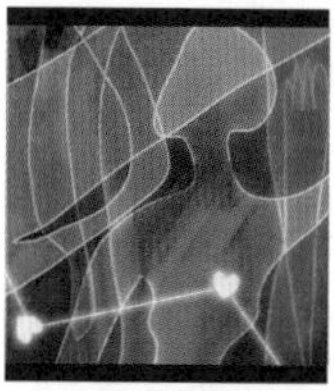

明明不是天使

林維◎著

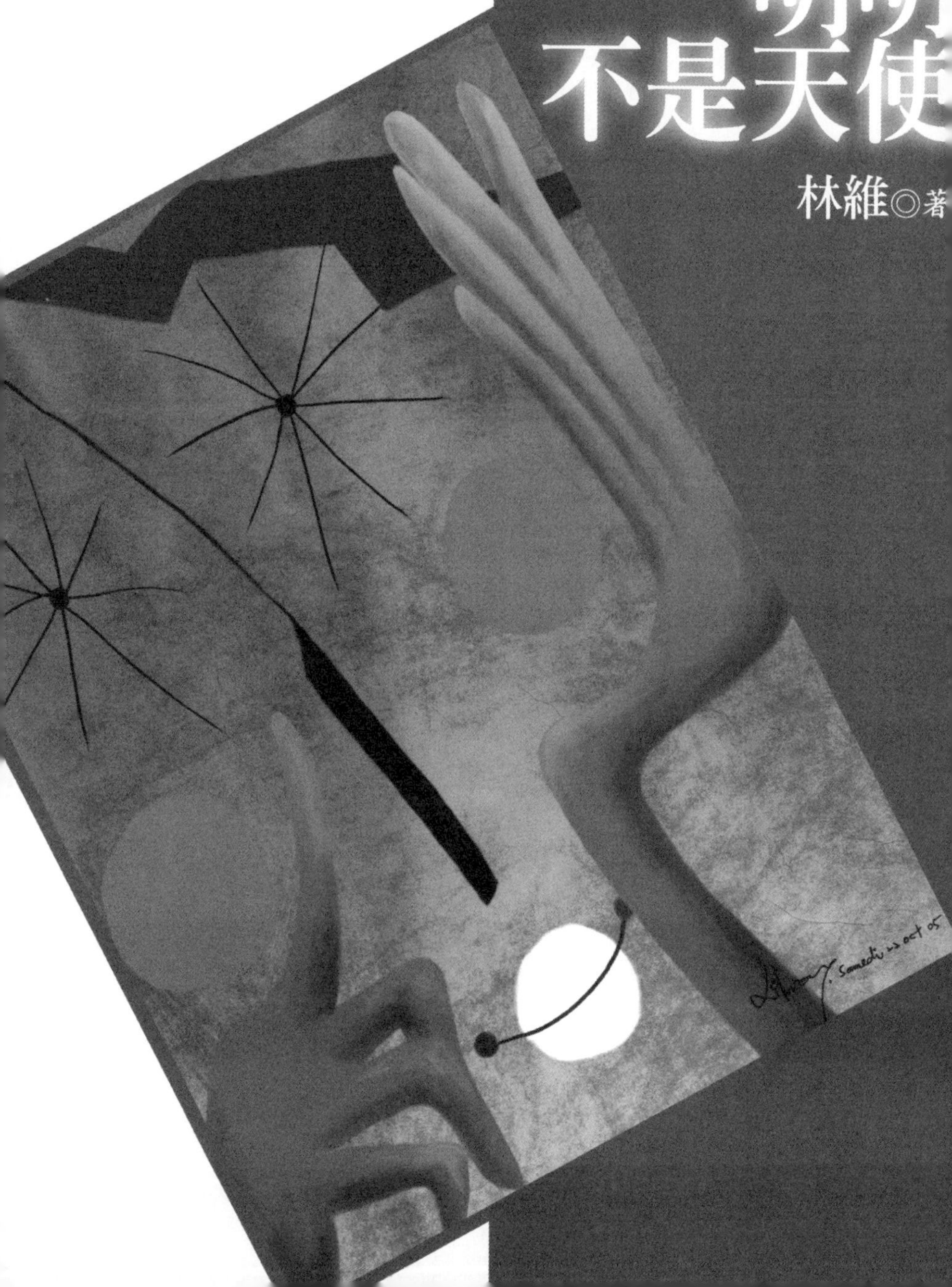

Party Girls

啊我再次傾倒於便利店哲學層次的魅力——
失憶症還真是深夜裡的便利店最迷人貼心的示範。

分手

真正我唯一的悲傷來自這一切令我耽溺的快樂，
即使感覺不到自己，那也很好，
依賴是一種脆弱一種虛化一種墮落的美麗，
也許我真正害怕的是看清楚自己的樣子。

珠寶盒

我懷疑，
她那些褪色衰逝的愛情真能透過一個一個的方塊字組合後而投影還魂，
因此而美麗不朽嗎？

dimanche 11 septembre '05.

Party Girls

在我常去的那家便利店裡，有個蓬頭垢面、唸唸有詞、雙眼失焦的中年女子，三天兩頭就要出現一下，她最主要的目的就是以貨架爲中心不停地繞圈子，繞啊繞的繞好久。然而店員和大部分的客人卻都視若無睹。我也知道千萬不能看她，因爲她很敏感；一旦被她發現有人對她另眼相看，她馬上就會用各種性器的名稱問候那人的父母——其慘烈的程度到我只能說：你絕對不會希望被問候的是你。

一早六點多，我被樓下嘩啦啦的聲浪吵醒，趕緊跑出陽台往下一瞧：原來正是這個女人坐在大榕樹下，跟人吵到不可開交，再仔細一看，現場就她自己一個人。從此我對她更好奇了，只可惜沒那個勇氣去跟她說話。某次有個小插曲讓我和便利店的店員隨口聊起了她，不約而同我倆迅速交換了個微笑同時眼中閃過興奮的光，嘴角更有一絲欲語還休的抽動。

就有一天在擁擠的捷運上，昏昏欲睡的我突地抬頭一望：這個繞圈圈的中年女子竟站在我跟前，乾淨整齊一如常人，嘴裡也不嘟囔了，我幾乎以爲我認錯人了，然而那雙失焦遙遠的眼睛，讓我肯定她就是便利店裡繞圈子的女人無疑，一種小詭譎的想法，雞皮疙瘩似的站滿了全身——就有了這個故事的雛型。

*

這事兒發生在去年的冬天某個晚上，彼時我正在整理書架，不知打哪本書裡掉出了幾張老照片——實在太老了，其中有些面孔我早已叫不出名字忘得乾淨，但奇怪的是，照片裡的情境竟一躍而出，如砂石車迎面而來，撞得我七葷八素，頓時我眼前一花，跌坐在一串香腸似的想像裡……

如果把一生中轟趴的時間剪輯起來，再把它們放進腦袋的DVD裡，快轉播放著，一邊看一邊吃著烤牛小排喝著威士忌加冰塊，不曉得效果如何？怕是自己忍不住笑得東倒西歪吧？牛小排配威士忌的主意令我積極不少，我離開電腦，拿出牛小排退冰，再穿上大衣，下樓，買包冰塊，順便活動活動痠了一天的筋骨。

街上異常安靜，便利店沒有其他的客人，因此我停留的時間比平常稍久一點，雖然除了冰塊什麼也不想買，倒也認眞地逛了所有的貨物架，到底還是讓我想到了玄關缺一只燈泡，方才被浪費的時間陡然找回意義，啊我再次傾倒於便利店哲學層次的魅力——失憶症還眞是深夜裡的便利店最迷人貼心的示範。

打開家門，赫然四個女人坐我的客廳裡，正在聚精會神坐在我的客廳裡，看著我的DVD《天堂之日》，每個人面前一杯威士忌加冰塊。我一下腦筋轉不過來，看看手裡的冰塊再看看她們面前的酒杯，有點不太高興地說：有冰塊也不告訴我一聲！害我白跑一趟。

農莊的大火在她們的眼裡熊熊燃燒，沒人理我。

她們看得太專心了。

我心想：到底是誰走錯了呢？

終於其中一個開口問道：妳還有其他的酒嗎？說著她抬起頭來，卻把我嚇一大跳——眼前跟我面對面的，居然是十五年前的我自己——我怎麼可能忘記那花了我八十美金燙的一頭棕黃色的玉米鬚頭？再仔細一看——那可不，可不四個全是我！

瞬間我的眼裡也燃起了火苗。

多年來身爲一個業餘靈魂學的愛好者，我很快也很容易地接受了她們的來訪，因爲個人的潔癖使得我不想多費唇舌去描述她們之所以出現在我這裡的來龍去脈；也因這根本不是我的重點——我寧可把重點放在來參加轟趴的成員，不多不少她們都有一個共通特色：她們都是我，也只是我；有的年輕一點、有的胖一點，有的比較獅子座有的較雙魚座，有人我一眼就認得出、有的則需要花點時間去回想去辨認。不得不接受的是，有些「我」的確走上了非常個人化的道路，例如那一位名牌套裝打扮的「保證婚姻成功專家」，光是她的頭銜就令我們面面相覷啞口無言，幸好她只出現了一次，不然我還眞不知道跟她寒暄什麼才好。這樣的轟趴對她肯定不夠成功——我們除了女人話題還是女人話題，但爲什麼不？不然轟趴幹嘛？

每次轟趴來的人不盡相同，除了現在正在跟你說話的我——必然是我身爲地主兼描述者的關係，尙有那些個在我生命裡分岔出去、各自過活的我，不定期不定人數的回來找我，雖無事先約定，但說也奇怪，每次她們出現的時機恰恰是我覺得煩、需要跟人講話甚至想喝酒的時候，所以我從沒想過拒絕她們，我也永遠不會拒絕她們——怎麼可能拒絕自己呢？我們共有一張心靈地圖，知道彼此的情緒感受，雖然在關鍵的時刻，我們走上了不同的選擇，因此際遇不同，但我們都心甘情願自己這樣的不同，哪怕僅僅是寫本書，做頓飯，或談一場戀愛。

說眞的我不認爲自己比她們更有效或更眞實：她們跟我一樣，也喝酒、也抽菸、也會大哭大笑；上次剛失戀的36E才喝了兩杯就掛了，吐得我浴室亂七八糟，害得我第二天還得頂著醉醺醺的腦袋跪在地上刷馬桶。可惜36E不是她的Size（哈哈我就知道你想到這個），爲了故事的敘述需要，我必須用一種易於辨認的方式，比如說36E就是：36歲那年的我男朋友叫Eddie。用當時的男朋友來辨認彼此眞是個聰明的點子，絕不重覆。

可供想像的是，我們轟趴常有神祕嘉賓的到來，例如上禮拜居然出現了22年前跟H私奔到新加坡的22H，如今她的女兒都超過22歲了，據她說兩人結婚才三年不到就離了；22H手扠著腰比劃著當時拿球棒敲碎車窗抓姦的情形，可把大家都笑翻了，異口同聲地說：喔！可憐的H，幸虧他逃得快。此後22H一直單身，跟我們大多數參加轟趴的人一樣，我想不管環境、身分再怎麼不同，這些「我」在個性和遭遇上，應該差不了太多，畢竟大家共享一張命盤一雙父母嘛！除了那個剛發情的16

T，儘說些讓我們翻白眼的話之外，其他人都很好，很享受她們自己選擇的生活。不過我們都很願意幫助16T，畢竟她只有16歲，我們每個人都經歷過她；那段恐怖的歲月，非常了解她的感受。

55是我們公認的大姊姊——注意唷！55，後面沒有任何的英文字母，也就是說她依舊單身。起初我不知道該替她高興還是難過，但幾次觀察交談下來，反倒覺得55不但好、簡直好極了，也許比我們任何人都好：她是如此自在而優雅，皮膚閃著光澤，話說的不多但妙語如珠，令人如沐春風。越看她我越止不住高興，如果55是我十年以後的目標，我非常願意爲了變成她而付出所有的努力。

這件事最有趣的一點是：從來沒有人見過我的這些Party Girls。我知道講給別人聽的後果頂多是我被當成神經病而已，對我一點好處都沒有。但經常在半夜裡跑到便利店買一堆垃圾零食，隔天再清出一大袋垃圾，這類現實生活中的瑣事，其他的參與者，例如我的房東、樓下的瑜珈老師、便利店的女店員，卻從頭到尾都視若無睹；從來沒有人問過我任何問題或投以懷疑的眼光，彷彿我一個晚上喝一打啤酒吃五包可樂果抽四包菸製造那麼多垃圾是件再正常不過的事。

三番兩次我在樓梯間碰到瓜子臉的瑜珈老師，我邊拖著手上的大垃圾袋邊笑著暗示：對不起啊！昨晚吵到妳了？瑜珈老師一臉很奇怪地看著我：哪有？妳幹嘛一直這麼說？

這便是我想要描述這些 Party Girls 的心理線索，我企圖把她們變成我接下來小說的體驗，彷彿這樣才對得起我們的便利商店和那些視若無睹充耳不聞的鄰居似的，也許眞正的原因是我如此深刻感受到身處的絕境——即便是那些私人轟趴如此永恆而美好，但我仍希望它們穿透，穿透想像和耳語，穿透每個不同時空中的夢境，而找到點眞實的意義或什麼。而在我眞實的生活裡，且讓我回到一開始的照片和DVD：眞正屬於我的日子彷彿是剪去了所有與人有關的片段，徹底的，孤獨的，一個人，吃飯、行走、思索、善用無聊的問題來消磨自己，同樣的把這段剪輯後的時間放進腦袋裡，放慢來看，再配上一塊牛小排和威士忌加冰塊，溶化在威士忌裡的冰塊發出輕微的碰撞的聲音，側耳一聽，又像是什麼被撕裂，但那也不重要，重要的永遠是孤獨，完整自足的孤獨。

偶爾走在路上，我會遇見我的 Party Girls，或是從她們的故事裡逃逸出來的人物，我們很有默契的不打招呼，但在一閃而過的眼光裡，我們都瞧見了對方眼中鬼鬼藍藍的火苗。

所以這整件事長話短說不過就是去年的一個冬夜，因爲寫不出東西來只好整理書架，沒想到無意飄落的幾張照片，我的 Party Girls 遂先小說一步，跨進了生活。

下樓倒個垃圾，回頭再說。

分手

我在某網站主持愛情和心靈版有些時日，常碰到一些最古老，卻永遠學不會、解不開的問題，其一就是分手。例如幾天前就有一位女網友問我，如何離開一個人。

以下是我的回答：

我猜妳是要離開一個妳很愛、或者妳愛過、又或者妳正愛恨交加的人。若沒有愛的涉入就不會有欲走還留的苦惱吧？那麼請妳先回頭面對自己的苦惱：它是妳的問題？還是對方加諸於妳的問題？它只是一時情緒的關卡？或實際上已經影響到了妳的生活？

無論妳怎麼看待問題，千萬不要把自己安排在受害者的角色上，也不要責備自己，如果能的話，也儘量不要去責怪對方。畢竟想要結束一段關係，責怪顯然不是解決之道；它只會惡化彼此的關係，讓情緒更衝動、事態更混亂而已。

如果妳在理性操作上有困難，那麼不妨試試看：在睡前的二十分鐘，什麼都不要想的只是安靜地坐下來，等到呼吸平順後進入冥想，把要結束的這段關係化成一個熟悉的象徵，也許一個意象、或一件對方貼身的小東西，把這個象徵放進冥想裡，給它溫柔的光，能夠的話，請用粉紅色的光來想像，在光裡跟它道謝，告訴它妳愛它，但現在妳必須跟它分手，衷心地祝福它，然後將它釋放，釋放以後就不要再想了，不要再用任何時間餵養妳的負面想像。

終有一天妳會知道所有陪我們走過一段人生路的朋友，其實都是天使的偽裝。他們或正面或反面的提醒我們，怎麼樣，才可以更好。

祝妳分手愉快。

＊

今晚特別冷，我在捷運3號出口等了他將近二十分鐘，並沒有往常的焦急與不耐，反而有意將這一分一秒的等待細膩化，滲合著冷冷的空氣，回憶裡的溫度令我微微發燙，甚至暈眩了起來，我知道自己在一個跟平常很不一樣的等待裡；因爲過了今晚，我們就要分手。

他來了。我緊緊地、彷彿下一秒鐘他就要消失似的抱住他。

但此刻我不想知道任何他的想法，那對我已經不重要了。現在我比較需要的是，看清楚自己突如其來的悲傷和決定，及其延伸出來所有的意義及改變。

他點了太多的菜，可是我一點胃口都沒有。我手裡轉著啤酒杯，目光卻四處游移。在他身後牆上的那張大照片裡，老布希正簇擁著女服務生笑得蠟像般光可鑑人。我問他那眞的是老布希嗎？

他略爲一怔，說：「妳在開玩笑嗎？」

「美國有一種明星臉彷眞人的行業，誰知道他是眞是假呢？」過了一會兒我又說：「老實告訴你我也是假的。」

他並不覺得我這話俏皮，看著桌上的菜自言自語：「怎麼都吃不下？打包回去吃宵夜吧。」

意思是要回我家？我望著他不置可否。

如常，我們做完愛，喝了杯紅酒，我不斷地說著一些愚蠢的網路笑話。

睡著之前，他語重心長地說：「妳應該有一個更好的男人來愛妳。」

男人們眞是不會表達自己。

把他丟在我的床上繼續打呼，我爬起身，給他寫 e-mail。

我跟他說我愛上別人了。不管他懂不懂信不信，這永遠是一個分手的經典藉口。

我想像他回到家，打開信箱後的表情，也許他會生氣，也許他反倒大大鬆了一口氣，但管他呢！我要怎麼愛他怎麼結束那是我的事情。

他看了我的 e-mail 後果然打電話來，平靜地說：「如果妳眞的想分手，就依妳吧。」隔著電話，他的聲音裡聽不出情緒。

「那你呢？」我很想問他。

然而我們一直僵持在那兒，直到我說：「好吧！就這樣吧！」才掛了電話。

跟著，我的心情陷入了梅雨季節。

我是眞心想要分開嗎？抑或這只是一種愛的呼救？我只是希望他開口挽留我，希望他親口告訴我，我的直覺是錯的，他還是愛我的，而且他願意用我的方式來愛我。

然而他的沉默像試紙沉澱還原出我的失誤；對於愛情所有的想像和期待，我總是過於天真。我一直都明白，長久以來我所依恃的愛是多麼瘦小懦弱，它無法勇敢地站出來，跟現實生活裡的眞相對抗。更不幸的是，每一次我都樂此不疲。

小如又失戀了，約了我吃晚飯。我不好意思告訴她我自身難保，想一想，也就答應了她。也許在安慰她的言語裡，我可以走出自己的困境。

一頓飯下來，我們根本沒動筷子。小如忙著跟我哭訴她男朋友的事：她說交往了兩年多她仍然只知道他的中英文名和手機號碼。女人啊！女人啊！妳的名字叫活該。當然我不會這麼講，當我正在努力思索該怎麼開口安慰她，一旁幫我們上菜的女服務生一臉認眞又豔羨地說道：「哇！好棒！那不是每天都像一夜情？」

我和小如噗嗤笑了出來、越笑越覺得荒謬，在笑聲中，我們輕易地接受了自己的虛弱。

這麼些年這麼多次的戀愛談下來，我有學得更聰明一點更豁達一點嗎？我有比較不那麼痛苦嗎？爲什麼愛情這一科就是無法累積學分？爲什麼每次的愛情都像隨堂考試，每個情人都像一張考卷，必須重新作答？

他從機場打電話給我，他說只是問我好，順便關心一下我跟新男友相處的情形。

我緊咬著唇，深呼吸，努力不讓自己的情緒再被燃起。

聽他喃喃地說他還愛著我，但他更希望我幸福、這個那個的，我一直沉默以對；這種時候語言最是無情了，它充滿姿態並企圖占有眞實的感情。任何形式的占有我都不喜歡。

「我要上飛機了。」終於他說：「到家再給妳打電話。」

和他相遇在兩年前的2月14號，那是我第一次有情人節的感覺，異常的快樂像喝了三兩酒以後的暈然，從臉頰爬上眼裡再掉到心裡，撲~撲~撲~的，像小石子落入井中、午夜曇花乍開的聲音。果然，夜裡他電話來了：「嘿！我們來談個戀愛吧！」好像提議去看場電影般的平淡。可偏偏我就喜歡這種乾淨俐落看似無情的人，也許因爲我知道自己永遠不可能是這樣的人吧。

我們中間相隔了13個小時的時差，因此他必須來來往往，多數的時候我們仍然保持著自由與單身的假象。而每次的相處到了我快要透不過氣來的時候，剛好也是他要離去的時候，他會微笑地問我：「我明天就要走了，妳高不高興啊？」我也會老實不客氣地說：「唉！眞是的，我高興極了。」

兩年來，我為他做過 205 頓早餐、108 頓晚餐、一定去捷運車站接他下班且給他一個擁抱，我會為他半夜裡起床打蚊子、會起個大早陪他去慢跑，我會因為愛一個人而把自己弄到最溫柔脆弱而馴良。然而我還是會不服氣地想：小王子裡那朵什麼狗屁玫瑰花眞是女人所有且唯一的命運嗎？女人一定都得這個樣子嗎？可我平常不是這個樣子的啊！會不會，愛情根本是馴養的一種陰謀和錯覺？

每當走向車站接他的路上，我就忍不住地幻想：也許這是我最後一次接他了；也許明天，不為什麼，我們就是得分開。

分離是一個原型，它不一定是什麼理由，占有慾也好，愛的保鮮或流失也罷，總之，我堅信它遲早有一天會來到，余光中不也說：分離始自相遇？詩人們早就為愛情發下讖語。

碰面之前我們互相通了 214 封 e-mail，第一次通電話則是在他參觀完羅浮宮看了一幅畫太感動而不小心丟了帽子以後，他說他坐在廣場的長凳上三個小時之久，等著人家拿帽子來還他。我一面大笑一面想著：還有什麼比坐在巴黎的廣場上等著一個撿到帽子的陌生人，剛好也走到同樣的廣場坐在同樣一張凳上，並無意看了一下身邊的陌生男人，說道：「咦！你在等你的帽子嗎？」更浪漫的事呢？所以看著他，在捷運如海水般的人潮裡向我走來，傻笑著，彷彿我就是他那頂迂迴曲折的帽子，我便感覺愛像一根浪漫的羽毛，來回地，輕輕地，搔過我的喉嚨。

分手後的某一天晚上，他驀地出現在我面前，看起來年輕英俊神采奕奕——可眞令我生氣啊！我知道此時的我看起來既邋遢又悲傷，活像老他十歲的小阿姨。於是我火冒三丈地把門摔上，把他和他的行李關在門外。可惡的男人，完全無視於我分手的決心和努力，他吃定了我還會開門還會重新接納他。更可惡的是，我怕我眞的會被他料定了。

啊！我陷入了天人交戰。

等到我回過神來才意識到門外竟然好一陣子鴉雀無聲，我趕緊打開門：門外卻什麼都沒有了，竹竿上才晾上的衣服仍滴答滴答淌著水珠子，沿著生銹的欄杆滴下，巨大的黑吞噬了水滴的聲音，也淹沒了眞實的感覺，我依稀聽到人的腳步聲走近，便探出頭趴在欄杆上往下望，卻不是他，不是任何人。我試著想叫他，卻怎麼也想不起他的名字了。不知道爲什麼我就哭了。

街道仍沉睡在一片的黑暗裡，隱隱有潺潺流水聲，一個人都沒有。

果然是個夢。

我愛他，愛他的我跟平常的我不是同一個人。因爲愛，我放棄了孤獨的版圖。我知道他也愛我，但他還是他自己，他不會因爲愛或是我而改變。在愛裡頭還那麼清楚眞是令人髮指啊！絕大部分的女人（如我）一旦落入了愛情這基本設定，都會變得陳腔濫調起來，例如對未來生出幻想，例如不時把自己和對方放在翹翹板的兩端，高高低低、起起落落。那還是存在於頭腦中的，而存在於眞實生活裡卻又是另一種細節化，原本個人的界線因爲愛情而做出協調或改變，好比說睡覺，這件隱私而簡單的事，突然間就變得複雜起來，當聽著對方整夜打呼的同時，我想的卻是自己的打呼也會被對方這樣整夜整夜地數著，啊簡直不堪深入。原諒我愛情經驗的養成來自於瓊瑤和三毛，實在無法忍受太多這樣的粗糙。更不堪細節化的還有做愛這件事情，性愛本來是一種樂趣、新鮮、刺激、無法預期的當下，它如何能被簡化成三天一次、同樣的姿勢與地點、甚至同樣的過程？歡愉如何被複製？性慾可能像Pizza Hut，二十分鐘以後「叮噹」一聲送貨到府嗎？

或許把每一次的做愛當成最後一次我會不由自主地興奮一點吧！

然而這些都不完全是我的悲傷或焦慮。眞正我唯一的悲傷來自這一切令我耽溺的快樂，即使感覺不到自己，那也很好，依賴是一種脆弱一種虛化一種墮落的美麗，也許我眞正害怕的是看清楚自己的樣子：我依舊在小王子的沙漠裡踽踽，惦記著所有關於日落、街燈和星星的事，我仍希望有一天我的小王子會在地平線的那一端出現，牽著一隻羊，跟著一隻狐狸，並給我一個大盒子馴養我的孤獨。說了半天我只是想表達自己對於分手眞正的想法既是孤獨也是不合時宜的，幾近於一種藝術的自溺。可惜男人越來越注意的只是女人寫實的體重和帳單，既沒想像力，又不Sexy。這麼一想，我便理直氣壯起來，決定換上我最漂亮的衣服，出去慶祝一下這個已經成功了的分手。

珠寶盒

我姑姑過世了。

數月之後一只珠寶盒輾轉到了我手中，聽律師說，這是姑姑臨終前特別交待，務必要轉交給我的。

望著這只似曾相識的珠寶盒，我低迴惆悵良久，彷彿回憶起童年時糖果的滋味，不論舌尖或是心頭，都淡淡地縈繞著無可比擬的甘甜。

珠寶盒由整塊香木雕刻而成，手工細緻，有股迷離的香味，有個精巧的銅鎖和銅雕的腳座，厚墩墩的，如同一隻龜神閒氣定地瞅著你，四隻腳缺了一隻，並不妨礙站立。

第一次見到這只珠寶盒我才七歲，進小學之前的那個暑假，之所以印象深刻，是因爲那年我闖了個大禍，差點沒跌破腦袋。當時父母都要上班，便請了姑姑來看顧我。因此姑姑搬來我們家並住了下來。

對於這個沒事自言自語，一會兒哭一會兒笑的姑姑，小小的我一肚子不情願，我記得我跟我媽抱怨：「姑姑爲什麼不上班呢？她好像有點秀逗秀逗。」

媽媽罵了我一頓後正色告訴我：「你姑姑是自由業，是個藝術家。」

「藝術家很厲害嗎？」我問：「是爸爸厲害還是姑姑厲害？」

媽媽沒理會我這個問題，交代了我一些不可以這樣不可以那樣的事情，便留下我和我的藝術家姑姑倆看家。我很想搞清楚藝術家究竟有什麼本事，於是乎躡手躡腳走到姑姑的房門口——門是半敞的，從我的角度正好看見背對著我、坐在化妝檯前的姑姑在鏡子裡的表情：她凝視著珠寶盒，彷彿正傾聽著一個絮絮叨叨的情人而微微發笑著。她是如此專注以至於看不見瑟縮在鏡中角落的我——一個幼小而虔誠的男孩，驚懾於她美麗如珠貝的光彩，竟致無法移動半步。

珠寶盒裡有姑姑珍藏的粉紅色養珠項鍊、銀製的骨董手環、非洲木刻耳飾、星彩石鑲翠玉的胸針等一些並不昂貴的珠寶，但是每當姑姑戴上它們，臉上如明月皎潔的光澤竟穿透了我的時間坐標，陪我自懵懂一路走來，到現在，甚至未來。

終於有一天，姑姑看到了鏡中角落的我，於是轉臉跟我招手，喚我走近，坐在她的旁邊，看她一一戴上首飾，然後問我哪一個最好看。我專指那些會發亮的石頭，姑姑就把那些我說好看的首飾戴在我的臉上：戒指套在鼻尖上、項鍊戴在頭上、手環掛在耳朵上，我開心地咯咯笑個不停，直到媽媽下班回來，喊我出去收拾滿屋子的玩具才結束了我那歡樂神奇的一下午。可是那天晚上媽媽卻跟我說：「你是男孩子，不要老往姑姑的房裡跑。」

我不太明白「我是男孩子」跟「老往姑姑的房裡跑」有什麼衝突？不就是我的姑姑嗎？可以讓我爬在她頭上、總是給我很多零格子的姑姑，因此我沒理會媽媽，仍然帶著彩色筆、故事書去她的房裡消磨整個下午；我姑姑很會講故事，每次都把那些我聽得爛熟的故事改頭換面一番，聽得我更加津津有味，不時老催促著她問：「姑姑然後呢？然後呢？」後來爸爸告訴我姑姑是寫故事的人，「喔！原來藝術家就是寫故事的人。」我還這麼老氣橫秋的爲姑姑下了註腳，而姑姑只是微笑不語。

有時我趴在一邊安靜地畫畫，姑姑則坐在鏡前戴上不同的首飾，用說故事的語氣，一件一件，不厭其煩地告訴我首飾們迥異的身世；粉紅色的養珠項鍊是哪一年、哪一個情人的生日禮物，銀製的骨董手環，又是哪一年、哪一個情人的定情禮物，哪一個情人寫詩，哪一個情人有令人噴飯的本領，哪一個情人的無情又令人仰慕……老實說我聽不太懂，但總是些男女之間談戀愛的事兒吧！大人都喜歡搞那套，我常陪媽媽看連續劇，有點早熟。

媽媽看到了姑姑替我擦指甲油以後很不高興，跟爸爸嘀嘀咕咕了好久，再過一陣，姑姑就搬離了我家。不久以後她就出國了，偶爾才會有她的消息。

我姑姑終身未婚；聽說她老來居住的城市，百分之八九十都是獨居的老人，山明水秀中寂寥地散步面海，也許懷中抱著一隻小狗，坐在露天的吧上喝著 Pina Corada，直到夕陽西下後方才佝僂著背，踽踽回家，就這麼日復一日的，如影子般，淡出消逝於他們生命中最後的場景。

我曾在書店裡翻過姑姑的小說，沒敢仔細看完，因爲某些字句讓我無法翻越過自己的情緒，我已經越過了讀者的那條線，去擔心去害怕；只因我怕看到一個和我記憶相互衝突的姑姑，我更怕看到一個攬鏡自笑的女人，衰微的笑容竟是我童年歡樂的背景；我懷疑，她那些褪色衰逝的愛情眞能透過一個一個的方塊字組合後而投影還魂，因此而美麗不朽嗎？我幾乎忍不住淚下，匆匆逃離書店。

其實我最深的恐懼與不忍是：她一個人終將老死而很久很久以後，很久以後甚至永遠不被人發現。

每當念及我姑姑，我好像困在一座孤島上，四周是茫茫無垠的大海，有限的自己在深不可測的絕望中，一點一滴地消失，變成風，變成砂，變成血緣和記憶的湮滅。

我把姑姑的珠寶盒收在我儲藏室的樟木箱裡。和我的塗鴉、集郵冊、不曾寄出過的情書和小說躺在一起，永遠只能在夢裡，被當初那個七歲的小男孩所開啓、把玩。

後記：

這是七年前登在《華副》的一篇短文，原文只有一千來字。

十五年前在異鄉完成我的第一本小說之後，除了狂寫言情小說的那兩年，我幾乎沒有任何的寫作欲望與動力，那兩年將近一百萬字的言情小說令我每天都有種想嘔吐的感覺。然而我還是會偷偷投個短篇什麼的，登在報上以後我就彷彿對自己也對我父親有了交待似的——家父是個老作家，雖然他從沒說過，但我知道他希望我能繼承他的衣缽。

我確實有個珠寶盒，也的確只有三隻腳，是我在一家猶太老夫婦開的舊貨店裡買的，美金一塊錢。珠寶盒裡從來沒有過任何珠寶，只有我父親字體歪斜的信十幾封，那時候他已經病了。

還有，我就老實說了吧，這篇文章其實是悼念張愛玲、同時亦是寫給自己的。

林先生

小星星在他含著淚水的眼眶裡轉啊轉的，
日子一久，小星星變成一片廣大迷幻的星空，
林先生唯有在星空下思索，才能徹底感覺到肉體，這件事。

跳舞

每到了熱舞時間，她的腳便不由自主地打著拍子，
邊拿著托盤，邊抖動著身子——她從小就愛跳舞，
只有跳舞時她可以掙出濃密的情緒，可以擺脫沉重的肉體並徹底蒸發。

細節

也許因為她越來越緬懷在自己過去某種習而不察的生活小節裡；
這種緬懷類似一種細膩的迷惘，緩慢地移動著的時空，
那些細小的感觸便漣漪似的、無止境的蕩開，帶點遺憾和美麗。

林先生

林先生最不放心的，就是他嘴角上那抹自如的、優美的、多年來令他驕傲又自信並贏得不少美譽讚揚的弧度了。他本來也是個理性和氣的好人，對於那些讚譽，既不置可否又多少有點兒沾沾自喜，不知不覺中竟朝著眾人所推崇的「新好男人」與「標準丈夫」等形象而努力不懈，雖然偶有些小狂野、小想法，但也僅止於想想而已，林先生從來不認爲自己會因爲某種不可預知的誘惑，而失去自我、甚至受到控制。

直到表姊出現的那一天。

*

林先生是個再平凡不過的中年人，有份再平凡不過的工作，一個再平凡不過的老婆，一個再平凡不過的女兒，每天一堆再平凡不過的生活瑣事，儘管這許許多多的平凡日以繼夜一點一滴吞噬著他，他卻始終沒放棄那點說起來跟所有平凡的李先生、張先生、王先生一模一樣的平凡想法，也就是盼望來段小豔遇什麼的，得以滋潤滋潤他久旱渴甘霖的性幻想。所以當他遇見了林太太剛從美國回來的表姊，本能的，眼前一亮。

其實表姊長得只是還可以，胸部嫌小屁股稍大，年紀也比林先生大上兩三歲，然而表姊生得一張娃娃臉，加上生活優渥保養得油光水亮，因此看起來又比林先生小上兩三歲。但這些都不是重點，林先生第一眼看到的，是表姊那隻搭在黑色涼鞋裡粉嫩嫩的腳背，鞋帶上的金扣子在白皙的腳踝間上上下下地晃著，晃得林先生口乾舌燥，整晚腦海裡閃的儘是表姊五色繽紛的腳指甲。因此飯局中好一陣子林先生漲紅了臉，坐姿僵硬，不太敢接觸別人的眼睛，偶爾抬頭，剛好瞧見表姊正瞅著他微微發笑，林先生的心頭又起一陣酥麻。

回家的路上，林太太興奮地說著表姊從前的種種事蹟，第一任嫁的是誰第二任嫁的又是誰，林先生突然覺得惱怒起來，一個緊急剎車，林太太咬到了自己的舌頭。

「要死啦你！」林太太氣急敗壞地說。

「紅燈啦！」林先生沒好氣地回她。

沉默了一陣，林太太又開始嘩啦啦講起表姊的八卦——叫一個婚齡十五年的女人閉嘴實在太不人道，林先生也只好由她去講，反正他會自動消音，別忘了他也有十五年的婚齡，旗鼓相當的。

冷不防林太太問他：「你覺得我表姊漂不漂亮？」

林先生想都不想，眉頭馬上皺起：「醜死了，都幾歲了，腳上還塗得亂七八糟。」

過了幾天，林先生幫老婆去委託行拿保養品，無意中發現玻璃專櫃裡擺著一隻銀碗，其中盛滿了亮晶晶、星星似的貼片——正是表姊腳上五彩繽紛的指甲，林先生一時興奮，進而好奇地貼在櫃檯上看半天，直到嚼著口香糖的女店員把化妝品包好遞給他並說：「謝謝你，5800。」的時候，林先生這才如夢驚醒，靦腆地掏出皮夾付了錢，狼狽逃掉。慌忙中卻不小心把老花眼鏡遺忘在亮晶晶的櫃檯上，隔著玻璃，與那些星星似的小貼片，互看得很尷尬。

林先生只好又撒了個謊，他告訴林太太之所以把老花眼鏡忘記在櫃檯上，是因爲他要仔細看一件小東西，精緻小巧的樣子很適合林太太。他特別在精緻小巧這四個字後面頓了兩拍，好讓林太太有時間感動一下。他也知道老婆很愛他，但兩人從大學認識至今，少說二十五年，二十五年就是將近九千多個日子，九千多個日子裡，他的生命裡只有一個姿勢固定，不會叫也不准叫的女人，每想到這兒，林先生就彷彿看見自己最後一丁點的性慾，正噙著淚、跟他搖手說拜拜。

然而此刻的林先生卻枯木逢春似的，迫不及待的在表姊身上進行各種遐想，從她那美麗的腰身，飽滿誘人的胸型，到有意無意的眼神，脖頸間的香氣，啊！每一樣都是那麼甜蜜的折磨，林先生彷彿跌回年輕時那種臉紅心跳的焦慮裡，只要聞到對方的一點點髮香，他渾身的毛孔，連四周飄浮的空氣也要顫慄抖擻了起來，濃郁的回憶好像第一次喝醉他的維大力加米酒頭，林先生竟感到陣陣暈眩，初吻的腥甜繞在他舌尖上細細蒸發。

腳步輕盈、容光煥發的林先生又回到委託行，拿回了老花眼鏡，一邊保持著嘴角上那抹世故的微笑，一邊堂而皇之，與女店員進行簡單又不失俏皮的對答，終於問清楚了那些小星星貼片的意思了，但他問得極端技巧，嘴角上的弧度不自覺的又往上拉了點，彷彿因此更增加了他的好男人可相信的指數。

胡亂爲老婆買了條手鍊的同時，林先生也買了那包他眞正想買的小星星貼片，爲了杜絕女店員走漏口風讓林太太知道，林先生刻意壓低了聲音對女店員說道：「這是我偷偷買給女兒的，她不想讓她媽媽知道。」同時露出羞澀的、慈父般的無可奈何。是女的多半這時候都被打動了，在女店員充滿同情的注視下，林先生順口又編了幾個無害的謊言，看得出女店員越來越感動，一臉不希望他走的樣子。一路上林先生爲自己方才的急智得意過了頭，連闖了三個黃燈後又錯過了單行道的巷口，但他不但覺得沒什麼，反而不時朝著後視鏡裡的自己微笑再微笑。

姑且不論林先生的笑容和謊言，他確實有他值得尊敬的地方，例如他從來都會把財務處理得好好的、記得每個親戚的生日、工作報表寫得詳細分明，簽名總是龍飛鳳舞莊敬自強；可惜日子一久這些長處也過於細瑣，眾人不是淡忘就是懶得提起，也就益發顯得林先生的抬頭挺胸，不過是繁複生活裡一抹反諷傷感，遠去的背影罷了。

林先生的確是個盡本分的好人，無論是爲人子或爲人父，甚或丈夫的角色，他都給人一種值得信賴的感覺，不僅因爲他平穩的聲調，虛飾過多的詞句，連他的長相他的五官，眉毛挑動的次數，都有一種想予人以信任的誠懇。

那是整體的印象，雖然無法言語，我也確實在某些不經意的瞥見下，看到林先生對自己所做的努力，好比說在反諷裡自得其樂這件事，他眞的發掘出了個人的美德和紀律，頓使他周遭那些本來想反諷他的東西，相形之下黯淡許多。

他就覺得所有對於表姊的想像與愛慕，正是這種美德和紀律的示範，一步步的，按圖索驥，才使得那些小星星貼片兒這麼暖乎乎的、癢乎乎的，走進他的眞實、他的生活。

下車之前，林先生特別將那些小星星藏在後視鏡的夾縫裡，再三檢查確定安全無虞後，才將那條銀手鍊揣在懷裡，一路輕快地吹著口哨，直到出了電梯站在家門口，方收起臉上飛揚的喜色。誰知道一推開門，林先生滿肚子的興致，卻像鍋掀了蓋子的湯，一股熱氣白煙全撲在臉上，臉以下卻是涼的——特別小弟弟更是涼；他愣愣地看著客廳裡的三個人：老婆、表姊和一隻男人醜陋的手，媽的那男人是誰爲什麼一直把手放在表姊的腰上？嘴角上的笑紋再努力也拉不起來了，林先生只好出氣似的把公事包和外套，「啪噠」一聲，擺橫在桌上。滿臉熱絡的林太太朝他笑道：「等你好久了，表姊說想打個小牌呢！」跟著介紹：「這是麥克，搞不好要叫表姊夫了。」說完鵝一樣的伸長了脖子聒聒笑起。

林先生推說頭疼要先睡了，躺在床上翻來覆去總是心神不寧。怎麼他老看到表姊那兩條香噴噴粉腿纏在自己的肩上？亮晶晶的指甲在眼前晃著，晃著……林先生的體內彷彿一座噴泉澎湃的就要炸開了，所有的水柱在陽光下發出陣陣歡呼，嘩啦啦的，流星雨似的，亮晶晶的星星竟然朝他開口：「這要多少錢？」

駭得林先生從床上滾了下來，定睛一瞧：卻是林太太拿著銀手鍊在他眼前不住地晃。

朦朧中，林先生被一陣火急的敲門聲給驚醒。

他挪開肚皮上林太太的小腿，睡眼惺忪地爬起，打開門一看——卻把他給嚇壞了，眼前站的居然是笑吟吟、香噴噴的表姊，林先生想都沒想，「砰」一聲把門給關上。才關上門，林先生頓覺不妥，馬上又把門打開，哪知眼前不再是表姊，卻是活生生的林先生，一模一樣的他自己，門裡的林先生，鴨子似的慘叫一聲，逃回房間，伸出手欲搖醒床上的林太太，哪知一個翻身，轉過來的卻又是林先生自己的臉，這個林先生，手腕、腳踝都掛著星星串成的鍊子，一手枕著頭，一手扠著腰，姿態撩人地說：「來啊來啊！我等你好久了。」本尊林先生（姑且這麼稱呼他吧），手上不知怎麼來的一盆水，「嘩」一聲往床上的林先生澆去，床上的林先生馬上化作一陣青煙，本尊林先生正欲鬆口大氣，一回頭，又是一張笑淫淫的，他自己的臉，於是本尊林先生再一盆水，「嘩」的一澆，又一陣青煙，可是不消片刻，原地又長出一個林先生，就這麼左一盆水右一陣青煙，林先生正忙得不亦樂乎，卻聽到林太太大喊：「怎麼回事啊？床上濕成一片。」林先生這才驚醒了過來，發覺老婆的腿仍擱在他的肚皮上，而自己兩腿中間的小弟弟，正跟他面對面的，哭得傷心呢。

林先生好久沒有在早上升旗了，他坐在地下室自己的車裡，右手安慰著小弟弟；我，左手拿著那包指甲貼片貼在他炙熱的胸口，小星星在他含著淚水的眼眶裡轉啊轉的，日子一久，小星星變成一片廣大迷幻的星空，林先生唯有在星空下思索，才能徹底感覺到肉體，這件事。

跳舞

說到跳舞，我就超想關上電腦、離開書桌，放起 Carlos Santana，狠狠跳他一兩個鐘頭、出他一身大汗、順便再減他個半公斤最好。

追溯我的跳舞史，當然是從學生時代的家庭舞會開始，那時候參加舞會還要兼躲警察呢！然而我的第一個舞會就出了狀況：不但舞沒跳成，還上了中山北路上的少年組、寫了生平第一張悔過書。當年小小的我異想天開用了個假名，叫「吳天天」；因爲我很崇拜的一個學姊叫沈天天，是我們學校的校花——曾經有個男生把校狗老黃剃成禿子，在牠身上寫滿了「天天想天天」五個大字，結果換來一支大過，從此沈天天的大名更是不脛而走。

至於我的「吳天天」夢，二十分鐘以後就幻滅了。

接我回家的一路上，父親是又嘆氣又搖頭：「吳天天?!」他狠狠瞪我一眼：「妳當妳是取筆名啊？」

＊

第一天她來到這家 Piano Bar 上班，重重一看到她，便轉頭跟桌上的朋友誇口道：「這管馬，我要上她。」

不久這話輾轉被她聽到，冷笑一聲露出不悅後，心裡居然起了微妙的癢癢。

除她之外重重倒是人見人愛，這也難怪，重重長得又高又帥說話又賤賤的，常看他嘻嘻哈哈的跟店裡其他女侍勾肩搭背，可她一向最討厭男人動手動腳了，不過這個重重實在沒法讓人討厭，自從聽到他放的那個話以後，她彷彿陷入一股說不出口也說不清楚的煩躁裡，渾身上下開始就不對了。尤其每當重重出現在店裡時，她更是慌張地不知如何是好，雖然她看起來不苟言笑，但實際她的心思早不曉得飛到哪兒去了，好幾次替客人加水加進了隔壁的菸灰缸裡。終於有一次她又恍分兒把水倒在了重重的身上，重重笑著伸開了雙腿，一臉性亢奮地叫道：「喔喔！濕了！濕了！」氣得她抹布一甩，扭頭就走，結果被老闆叫進辦公室罵了足足有二十分鐘之久。

老闆也是個好色的男人，對她算滿好，偶爾會把手放在她的腰際蛇一樣蠕動。她儘量不把他想成是性騷擾；除了老闆長得不錯以外，也因爲她知道這個老闆腦筋清楚，公私分明，除了偶爾摟摟抱抱，再多也沒有了。

每晚她都看戲似的站在角落裡，看那些燈紅酒綠曠男怨女，看著欲望如飢渴的舌頭互相舔舐糾纏——還眞是有趣，她想：不但有錢賺還可以打扮得漂漂亮亮，想不到吧——她竟然愛死這份工作了，特別是每晚那一個半小時的熱舞——每到了熱舞時間，她的腳便不由自主地打著拍子，邊拿著托盤，邊抖動著身子——她從小就愛跳舞，只有跳舞時她可以掙出濃密的情緒，可以擺脫沉重的肉體並徹底蒸發。

一晚她站在暗處，隨著音樂抖得正開心，乍然有人抓她的辮子，回頭一看，是重重。

「親愛的，」他嘻皮笑臉地說：「我們也眉來眼去好久了，什麼時候約個小會啊？我帶妳去 Down Town 跳舞吧。」

「跳你媽咧個頭啦！」她脫口而出，正好有個熟客走過，她不好意思起來，趕緊走開。

打那次起重重一看到她便親熱地喊她「跳你媽的個頭」，叫了好幾次，她總算「噗嗤」一聲笑了出來，兩人這才開始眞正建立的友誼。

眞正打動她的是那個晚上，一個醉醺醺的壽司師傅在停車場纏著她不讓走，纏到她已經六神無主了，眼看那小日本就要動手拉扯，她正要扯開喉嚨大喊警衛尙恩，忽然一隻手自從她身後摟住她的肩膀，她回頭一看差點喜極而泣，比那小日本高出一個頭的重重正擺出李小龍的姿勢並大喝一聲：「快滾！」

小日本連滾帶爬的消失了，她則順理成章地，答應了周末的約會。

她是不可能第一次約會就跟人上床的，但爲了安全起見，她還是去「維多莉亞的祕密」買了整套的新內衣內褲，黑色蕾絲，若隱若現。她看過一本雜誌上說這是男人最喜歡女人在床上的穿著了；也眞是好笑，就這一小塊布也要大費周章地投票做調查，有時候她眞覺得男人的雞雞其實是長在腦袋裡的，她倒也不反對這樣的結論，男人太聰明要來幹嘛？欺騙女人嗎？她一面胡思亂想、一面魂不守舍的洗著「維多莉亞的祕密」，差點忘了滴兩滴玫瑰精油。

爲了感謝那個壽司師傅的促成，他們就約在小日本的料理店，並刻意坐在吧檯邊，小日本嚇得躲在吧檯的一角不敢靠近，兩人也不放心上，重重還頻頻跟那小日本敬酒。後來小日本放鬆了許多，立刻送上一客招牌菜「性感炸彈」以示和解——這是一道綠芥茉起士烤明蝦鮮貝的自創菜，吃得兩人食指大動，不知不覺中喝了十瓶清酒，開始意亂情迷。

「我要去跳舞。」她臉紅紅的說：「帶我去Down Town跳舞。」

「現在去妳會被人笑，」重重笑著說：「連開門的都還沒到呢。」

「那現在要去哪兒?」她撒嬌。

「去妳店裡，我跟人約了在那談事，五分鐘就好。」重重陪笑。

「不可以!」她大叫：「跟我約會還跟人談事情!我回去了。」

「親愛的幫個忙!」重重湊近她耳朵說：「今晚讓妳強姦我，我絕不反抗。」

她的心猛然給撞了一下，更因爲清酒的關係，她大膽了起來，「強姦不夠的，我要先姦後殺。」她還眨了個眼。

「我知道!我一看就知道妳是個色情狂。」重重捏捏她的掌心，也眨了個眼，一抹「我要吃掉妳」的微笑。

看到她跟重重一塊出現，店裡的人都掛著一抹奇怪的笑容。笑得她不太舒服。

也許是她喝多了，也許是無聊的人太多話題太少，她故意蹭在吧檯跟酒保八丁聊天。

「八丁給我一杯 Long Island。」她說。

「Long 妳個頭啦！」八丁冷笑：「我看妳已經掛了。」

「你緊張什麼？掛了我又不跟你回家。」她給八丁一記白眼。

「學壞倒挺快的。」八丁邊搖頭邊將調好的 Long Island 遞給她。

「八丁你跟重重熟不熟？」她還是忍不住問道。

「誰是重重？」

「剛跟我一起進來的那個——」

「誰跟妳一起進來？」八丁還在裝迷糊。

「那個——」她索性指給八丁看：「坐 B5 那桌，有沒有？」

「喔！那個啊！」八丁賤賤一笑：「伊娃的老公啊！」

「伊娃？」她險些一口酒噴到八丁臉上：「誰是伊娃？」

「伊娃以前也是我們這兒的公主啊！長得跟妳很像，眼睛大大屁股翹翹。」八丁一副興災樂禍的表情。

上。

「爲什麼沒有人告訴我？」她傻了，完全出乎意料。

八丁聳聳肩：「妳也沒問吧！誰知道你們就在一起了呢！」

「我們並沒有在一起好不好?!」她一口氣喝完手上的酒，臉臭臭的回到重重桌上。

「就好了。」重重朝她笑笑。

「我要回家了。」她附在重重耳邊悄悄地說。

「爲什麼？」重重捏捏她的手心，「等不及啦？」

她一下子覺得不好意思起來，老講這些想入非非沒有營養的話，虧她還頭昏腦脹興高采烈地去買內衣褲呢，再仔細一想，她竟冷汗直流，萬一重重他老婆是那種拿刀砍人的瘋婆子？看樣子她得趕緊脫身才行。

重重誤以爲她是來撒嬌的，繼續深情款款地說：「妳去跳個舞，十分鐘以後就走了。」他又加了一句：「乖嘛！」

最後這兩個字讓她十分尷尬，她只有訕訕走開。

第一次，她一點不想跳舞。她站在小ＤＪ湯姆的身後，看著音樂燈光裡的那些人那些臉孔，覺得那股說不出的煩躁又悄悄的，圍捕獵物似的靠近她，熊熊的火燄在她身上蛇一樣的吐信，纏得她透不過氣來。她只好再去跟八丁要杯 Long Island，邊喝著酒邊跟些熟客聊天；吧檯上坐了個胖子叫法客，有張甜甜圈似的臉賤賤的嘴，是個賭馬賭球什麼都賭的人，幾乎夜夜泡在店裡，跟這些酒保女侍或其他熟客打屁耍嘴皮。店裡所有的女人都愛跟他說話，吃豆腐的也不少。而她是暴力派的擁護者，當然不客氣的直接揪法客耳朵，高興起來也捏捏他的奶頭。也許正因爲如此法客更愛跟她聊天了，猶如這會兒兩人正鬥嘴鬥得不亦樂乎，猛回頭，舞池邊已經棍棒齊飛喊打喊殺了。

她根本不知道發生了什麼事，只見一堆人凶神惡煞似的推來擠去，亂成一團，她正想往人堆裡擠，亂中有人拉她到一旁，一看是老闆，拿了把鑰匙往她手上一擱，只說了一個字：「走！」

跟著她就迷迷糊糊被推進重重的積架跑車裡——因爲個子太小還差點沉進駕駛座裡，她只好努力挺起腰桿兒油門一踩，車子砲彈似的飛了出去。

這時她才看到一旁的重重正處於半昏迷狀況，一張臉被打的像顆爛蘋果。她一邊開著車一邊驚訥：到底發生了什麼事啊？急死人了！事情快的她根本來不及細想，來不及害怕。

兩個路口後的紅燈，她停了下來，想要察看重重的傷勢。遽然車子重物猛擊似的搖晃，她轉頭一看，一個香蕉乾似的越南人拿著槍柄重擊窗戶好幾下，滿面猙獰地朝她大吼大叫。她嚇昏了！「唰」地油門踩到底，箭一樣飛出去，跟著，她聽到後面「砰」的發出一聲悶響。當她再度清醒時，她已完全迷路了，車子卻自動導航似的穿梭在大街小巷裡，老鼠一樣竄逃。

一旁的重重仍昏迷不醒。

這太荒謬了！太荒謬了！她不斷地喃喃自語，整條街道居然沒有人車，偌大的夜更顯安靜透明而且美麗。她有點想哭，又有點想笑，正兩難著，車子轟然一響，速度兀自慢了下來，慢慢的滑行著，滑行著。

「怎麼辦？」她對著昏迷的重重苦笑，企圖講個笑話：「拜託你也起來反抗一下嘛！」

才說完，車子便完全靜止了下來，停在一塊壯觀繽紛的霓虹招牌下，招牌上閃著黃黃綠綠的燈泡，圈住中間一個紅辣辣、張牙舞爪大字：「Shark」。她先是愣住，繼而狂笑起來，笑得飆淚無法停止；原來這家「Shark」恰恰是 Down Town 最紅最 high 的一家搖頭舞廳——他們到了。

細節

我一直有寫日記的習慣。但最初的三本：也就是16、17、18歲的日記，被我父母聯手燒掉了。當時我的憤怒內化成多年來的叛逆和沉默，尤其是對我的父親。他自己是個寫作的人，怎麼會這麼不尊重別人文字的權利呢？好多年以後我才想通了，這道理很簡單嘛：因爲我不是別人，而是他的女兒——如果我有個十幾歲的女兒，把自己的房間都漆成黑色，我一定也會著急過問的。

在異鄉這些回憶突然就清楚了起來，帶著一點點遺憾。

有好一陣子我極力說服自己：

不要回頭，不要回頭……

那時候我眞的什麼都沒有，只有無邊無際的自由，風一樣的飄著，自由到我好想哭。但寫字、或者曬衣服這樣的力氣，一直在生活中默默地支撐著我。

＊

習慣自己一個人以後，莎兒才發現，原來耽溺，是件那麼美好的事情。

也許因爲她越來越緬懷在自己過去某種習而不察的生活小節裡；這種緬懷類似一種細膩的迷惘，緩慢地移動著的時空，那些細小的感觸便漣漪似的、無止境的蕩開，帶點遺憾和美麗。譬如說曬衣服這樣的事，這原本是莎兒的母親灰姑娘時代最討厭做的事情，自然落在她的頭上。小莎兒當然不服氣：「爲什麼不叫弟弟去曬？爲什麼每次都是我？」媽媽回答：「因爲妳是女孩子，女孩子就應該做家事。」

沒想到在A城的幾年，莎兒卻瘋狂地喜歡上曬衣服這件事。

在明艷照人的陽光下看著五彩繽紛的衣服飄搖在風裡眞是一種美好啊！A城的陽光就像一首春光明媚的拉丁爵士，在它的指揮下日子永遠是啤酒、花香，與無盡的漂浮，每天都有絢爛的夕陽，每天都徘徊在墮落、空虛，與需要中，在這種種極端角度的撕扯下，她的孤獨趨近於放縱，彷彿也成就了自由。

莎兒不在乎這樣放縱自己對不對或好不好，因爲她很清楚，人生中就只有這麼一個純粹的時刻，並存著快樂與孤獨，比較奇怪的是每當日後再回想起這一段晶瑩剔透的時刻，她的眼前總是不經意閃過一些無關緊要的細節，例如DMV的電話號碼、房東太太的假眼睛和紅髮，或是杜非的白色棉襪。

碰到杜非前，莎兒住在另一頭一個西班牙裔爲主的社區，因此她下班回家，可以一路走進滿天斑爛的晚霞裡，經過家門如果不想停下來，便一直往下開，約莫十分鐘左右，路的盡頭會出現一座小山丘，山丘上有一個很好的視角，可以俯視半個A城。

莎兒常常開上小山丘，車裡大聲放著家鄉的音樂，在漸漸沉下去的夕陽和漸漸豔麗的夜色之間，許多回憶、臉孔和名字拂過，卻什麼都不留。禿禿的小山丘上只有她，天地間也只剩下她，準備好安靜的、偷偷的，一個人孤獨甜蜜地老去……

原本莎兒眞是打算這麼過的，但一場突如其來的意外使她不得不又搬了個新家，這個新家恰恰在相反往東的路上，金碧輝煌的夕陽從此變成了背景。

在莎兒新家的後院有著各種果樹、玫瑰、辣椒，和青蔥，中間更有一方天藍色的游泳池，莎兒像人魚公主一樣，鎮日待在水裡，沉浮、昏睡，偷偷地期待著愛情的出現。

了。

起初杜非偶爾會說說他老婆的事——他會停頓一下忽然說，他們好久沒做愛了。

莎兒並不相信也不想聽，她知道對於已婚男人該保持最低的好奇。

「第三者？」因此她笑著對杜非說，「恐怕連第五者都高估了我吧？」

可能因爲自己這麼說的緣故，莎兒不得不跟別的男人出去約了幾次會，去吃飯、賭馬、看魔術，但後來她發覺大多數的男人也只是急於上床而已，也許大多數的女人也是如此，她沒問過別人不知道，但莎兒認爲，除了上床，搬重物打蟑螂之外，應該還有其他的事也很重要吧？

譬如說一起逛街喝咖啡不說話這件事。

不久後莎兒還是讓杜非陪著、興致勃勃地開了個把鐘頭的車去到P鎮上，坐在一家花園咖啡屋裡，捧著一碗比臉還大的卡布奇諾滋滋有味地喝著，兩人無所事事地坐在陽光裡看著來來往往的路人，那是條商業和藝術並重的街道，有著各種有趣的街頭表演、露天咖啡座上的俊男美女、猶太人的古董店、名牌服飾和藝術畫廊，從頭到尾，杜非都非常有耐性的，面露微笑地陪著她晃蕩。

唉！還好這樣的男人不是我的老公，莎兒眞心地想：如果我的老公這樣陪著別的女人我一定傷心死了。

再往北走一點，有個大公園，裡面有兩排輪胎做成的鞦韆，莎兒硬是拉著杜非進去坐了一下，任性地盪著鞦韆，盪得高高的，一旁的杜非索性把書覆蓋在臉上睡起午覺來。

他們之間有一種難得的、自在的感覺。

這以後莎兒逛街時都會衝動地買條領帶打火機什麼的，雖然她知道她永遠不會送出這些東西。她奇怪的是，什麼時候，杜非竟以這樣的方式進入了她的世界？

杜非也是一個不提過去的人，三十出頭的他似乎有著良好的出身與教養過程，因此他談吐比一般人文雅，多數的時候只是咧嘴笑一下，不置可否。然則做爲一個酒吧老闆，還有什麼比「咧嘴笑一下」更酷更適合的表情呢？之前她來過杜非的酒吧不下三次吧！並不知道那個老坐在吧檯、歪著嘴笑的男人就是老闆，直到那一次女侍送上一杯酒並朝他呶呶嘴說：「老闆請客。」莎兒才仔細打量起他來，並立刻對這個笑瞇瞇的老闆有了好感。喝了杜非三杯酒以後，莎兒便與杜非攀談起來，幾句話一聊，兩人居然還讀過同一間小學，這下子許多懷舊的情緒和細節藉著酒精發酵了，剛好DJ放起：〈I'd really love to see you tonight.〉她兩手抓緊了胸口身負重傷似地大喊：「Oh No!」杜非笑著拉開她的手，帶她到舞池上，並將他的手放在她的腰部和臀部之間，來回地摩挲。

不知不覺所有人都走光了，連DJ也走了，莎兒想問杜非怎麼回事，但杜非忙著找她的舌，無暇作答。在杜非的車上莎兒突然無比清醒了過來，摸摸裸露的耳垂：「我掉了一隻耳環，是設計家耳環——」她頓了一下，小聲地說：「很貴的……」

然則杜非並沒有停下來的意思，也沒有問的意思，只是繼續開著車，略微疲倦地看著前方。莎兒悄然地閉上了嘴，驟然覺得沮喪透了，整個人隨即淡漠了起來，她故意撇過了頭，極力避免兩人的視線接觸。不過杜非是老手了，下車之前，他又恢復了微笑並咬著莎兒的耳垂說：「找到了再幫妳送過來。」

掉的那隻耳環始終沒找到，就像杜非許多其他的諾言一樣。莎兒不太開心。

她不喜歡那種對自己的承諾邋裡邋遢、又愛耍帥的男人；根據她多年經驗，愛耍帥的男人，多半不會有太成熟的性格。算了！她想：反正是別人的老公。誰知道兩個禮拜以後杜非又自動出現，一下子莎兒擋不住他的親吻，這回，她把杜非拖進游泳池裡好好做了一回愛，就算這段愛情終將泡沫化好了，可人魚公主的王子起碼要下個水吧?!杜非歪著嘴考慮了一下，仍然穿著他的白色棉襪進入游泳池裡，兩人這才正式變成情人的關係。

這以後兩人大概一個禮拜見一次面，做個愛或吃個飯，這樣子持續了半年，突然有一天，杜非便再也不出現了，儘管莎兒沒有太積極地去找，但心裡卻悵然若失，她甚至以爲自己愛上了杜非，失魂落魄了好一陣子。

十年以後在台北一家叫慾望街車的酒吧裡，莎兒卻驚見了一個女人，耳朵上戴著當年她遺失在杜非店裡的那只耳環，那是隻精巧手工銀造的魚，如她所說那是一隻設計家的耳環，世界上不可能有相同的第二隻。於是整晚，莎兒便一直盯著那隻耳環，最後實在憋不住了，莎兒對那女人笑道：「妳的耳環好特別。」

「謝謝！」女人笑得有點古怪：「是好特別。」沒想到女人上洗手間時經過莎兒的身邊，竟彎了腰悄悄對她附耳：「白色棉襪。」說話時，女人還特別眨了下眼睛、嘴歪歪地笑了起來。

坡妹

我想坡妹之所以介入我的生活，
也應該是孤獨所衍生出來的另一種隱密的面貌吧？
做為一個觀察者、一個對愛情冷笑卻無法拒收的半吊子女性主義者，
她就是我最不徹底、最虛無的自由。

明明不是天使

男人勃然大怒：「妳說什麼！」伸手去捂她的嘴，女孩奮力抵抗，
瞬間肉體陷入了暴力的對峙，兩人扭打撕扯擠壓著，
火舌似的相互消滅吞吐。

貓朋狗友

偶爾寫到貓，我都充滿了敬意。
對我而言牠們是極古老、神秘的一群，
牠們是我不需要主義最高最完美的圖騰，我衷心地羨慕貓兒的冷淡獨立，自由來去。

坡妹

在Las Vegas任何一家賭場裡，時間是不存在的，你永遠分辨不出現在是白天還是晚上，因爲人群總是絡繹不絕，像魚群一樣游來游去。

她總是魚群中最鮮艷的那一尾：背著香奈兒的皮包，穿著凡賽斯特有圖案的緊身短裙，手上拿了杯酒，模特兒似的優雅、從容地穿過大廳。

終於玩累了，她數數手中的籌碼，心滿意足地回到房間，仔細卸了妝以後，便上了床。睡到一半，突然覺得有人壓在她的身上。她睜開眼睛一看，一個赤裸上身，挺著啤酒肚的金髮中年男人，正色瞇瞇地看著她，並企圖掰開她的雙腿……

「妳不害怕嗎？」我又好奇又害怕地問她。

「Mother Fucker，他已經跟了我好多年了，只要每次我上賭場，他一定會出現。」她一臉不在乎地說。

「那妳可以不要去賭場嘛！」我說。

她卻一臉認真地說：「M——Da——Ga——我係賭鬼來個！」說完，朝我嫣然一笑，活像《倩女幽魂》裡走出來的聶小倩。

＊

坡妹是我在A城的室友，一個美麗冶豔的新加坡女孩，十五歲就當上了模特兒，開始她多彩多姿的人生。其實她是來自馬來西亞漁村，母系有點泰國血統，眼睛明媚飛吊入鬢，笑起來風情萬種，十足一副壞女人長相，跟她站在一起我簡直清純的像個村姑，她就很喜歡我無辜的長相而非常不滿意自己的，每次都說：「Baby妳長得眞Lucky，不像我，長得那麼海灘，男人看了就想上。」海灘是音譯，抱歉我的字典裡沒那個字。

坡妹的國語特爆笑，通常是從港劇學來的，她常跟我說：「Baby妳不要講得太裡面，要講外面一點我才聽懂。」

事實上她認識我們的時候才剛開始學國語，經常鬧笑話，譬如說那天大家在打麻將，她在旁邊等待，等什麼呢？因爲打完牌，約莫十一點以後，大家要去跳舞。

她是個射手座，性子急到沒命，拚命問大家「打到什麼風什麼風？還有幾把？」

大家都愛逗她，其中一個仔仔說：「就快打完了，妳先去打扮打扮。」

坡妹聽了「喔」一聲，就跑去廚房，不一會跑出來，拿著一只空碗一臉疑惑地問：「要打幾個蛋？幹嘛要打蛋？」笑得大夥兒前仆後仰，牌也沒辦法打下去了。

在我們成爲室友之前，有一次我搬新家她來玩，我的門牌號碼是4567，她如發現新大陸地說：「齁！Baby妳會發！妳這個Number長得好整齊！」所以說跟她在一起我眞是開心極了，因爲她的語言與氣質太有趣，常令我噴飯不已，我們好到人家都傳言我們是女同志，我們也笑而不答，這樣傳最好，省得我們還要應付那些蒼蠅似的男人——沒錯，江湖話叫「連削」，我倆曾是最麻吉的A城姊妹花。

坡妹也在我工作的Piano Bar裡上班，當時候店裡有四個公關小姐，一個北京小姐林紅，兩個台灣小姐歡歡和安妮，再加上她，她是裡面最年輕最性感的了。自然，喜歡找她的客人也比其他小姐多。雖然她的國語不怎麼好，但她臉上有股「純潔」卻是一般夜店小姐身上所沒有的，當她迷濛的大眼睛深情款款望著你時，就彷彿她已經愛上了你，其實她只是好玩，玩完了以後還是玩，她把什麼都當成玩，玩得開心，玩到玩不動，就是她簡單的人生守則。坡妹應付客人的招數也很簡單，除了喝酒，傻笑。講來講去也只能說：「是嗎？」「你猜？」「你說咧？」絕不是因爲她有多酷，實在是她的國語只有這種程度。不過男客卻蠻吃她這套，可能因爲她胸大腿長，笑起來甜甜的眼睛也會說話，隨和熱情傻不拉嘰講話爆笑，就連一般的女客也都滿喜歡她，有個叫阿娥的女人就特別喜歡拉著坡妹去看脫衣舞，當然是男生的脫衣舞；我家坡妹玩起來是那種可以巡迴比賽拿冠軍的。

但其實坡妹亦有她辛酸的好幾頁，雖然她外表看來灑脫開放，光鮮亮麗，但是她還是有死穴，其一是愛情，其二就是賭；那時候她每個月起碼賺五六千塊美金，卻仍然寅吃卯糧入不敷出，除了物欲橫流之外，「賭」，就是她人生裡最大的對手了。

離我們住處最近的賭場叫 Bicycle，我有個高中同學在那兒當發牌的莊家，收入頗豐，據他說連在賭場裡工作的人都很難把持得住，每天站在鈔票堆出來的美夢前（亦極可能是一步踏空的萬丈深淵），瞧著鈔票對你眨眼招手，眞的滿需要定力，我就聽過好幾個賭場的悲劇。我家坡妹是 Bicycle 的常客，她喜歡賭梭哈，偶爾也會去私人賭場打打麻將，對於這些我都是閉嘴的，她並不是一個聽得懂深奧道理的人，而且她賺的錢，她愛怎麼花就怎麼花，我哪有資格說話？

對於交上坡妹這個好朋友，坦白說還眞出乎我意料；她除了外表漂亮，個性可愛外，內容其實滿空洞膚淺，講話眞的只能很外面。我倒沒想過自己會有這麼個好朋友；再仔細一想，她八成是我靈魂裡最不敢的某些要求的總合，例如說，變成美麗壞女人的欲望，操縱男人玩弄愛情的欲望；雖然她很容易掉進愛情裡，但還算合乎上班小姐的比例原則，又好在她是個射手座，既健忘又善變，「只見新人笑不見舊人哭」說的應該就是她這種人，因此接下來，我要講一個湯姆瓊斯雙排扣的故事，當然跟愛情跟賭都有關。

那一晚她從 Bicycle 醉醺醺地回來，我正在房間裡跟我媽通電話。她一直探頭進來，笑容可掬卻又欲言又止。

「佐麼野？」於是我問她。

「Baby I met a guy.」她瞇著她的桃花眼，無限嬌羞地說。

廢話！我心想，妳每天都遇到好多 Guy。有什麼特別的嗎？

通常她喝掛的時候我是不想浪費唇舌的。

坡妹開始口齒不清的描述她所遇見的那個男人，大意是那傢伙很凱，是個大咖，在Bicycle百家樂的賭桌上認識的。男人面前一疊疊100塊的籌碼，對坡妹如是說道：「我有沒有榮幸請全場最美麗的小姐幫我下注呢？」

坡妹露出嬌艷的笑容，纖細的手指往閒家一揮，三分鐘以後，籌碼全變莊家的了。

然而男人依舊笑容滿面地說：「謝謝妳，美麗的小姐，雖然輸了，但是很值得。」

跟著就耍酷不說話了。

我猜坡妹就是在他這句話以後火速愛上他的。

這故事聽過就算了！我不覺得有任何發展的可能。她當時愛的男人可多呢，包括了我們店裡的小DJ湯姆，門口的警衛尙恩，牙醫傑夫，多到我都記不得數不清，也許以某一種簡單的說法，她是「愛在當下」吧！

不過這回，我錯了。

過了幾天那個男人居然出現在我們店裡，當坡妹神色慌張地來告訴我時，我差點打翻手上的托盤。「坐哪裡？」我問她。

順著她的手指望過去，我看見一堆人，「哪一個啊？」我又問。

「妳等下過來，我幫妳介紹。」她已經興奮地不知所措了。

抱著好奇又期待的心，我踱到了那個大咖的桌子旁，仔細一看，唉呦！我的媽呀！湯姆瓊斯的鬢角加上湯姆瓊斯的雙排扣，這品味也太奇怪了吧？坡妹的眼睛究竟看到了什麼？她明明也很喜歡古天樂的啊？

腦海裡突然閃過一部電影《美麗佳人奧蘭朵》。

這電影是我在西好萊塢一個藝術電影院看到的，當時一看驚為天人，連看了兩場。

有些電影只適合一個人看，適合一個人在黑暗中被撞擊、被掐住脖子似的，沉溺在另一種大幻覺中。

孤獨何嘗不是一種如夢般的幻覺？

在A城三年，所有我最好的記憶就是「孤獨」以及「孤獨所衍生出來的一切情境」；例如看電影、追逐天邊的夕陽、半夜三更邊喝著啤酒邊裸泳，簡言之在孤獨的彼岸凝視著自己，就是我生活裡最大且唯一的樂趣。我想坡妹之所以介入我的生活，也應該是孤獨所衍生出來的另一種隱密的面貌吧？做爲一個觀察者、一個對愛情冷笑卻無法拒收的半吊子女性主義者，她就是我最不徹底、最虛無的自由。

話再說回坡妹的湯姆瓊斯雙排扣，原來他是個有來頭的人物：台南人，世界名牌亞洲總代理，有三個老婆七個子女。而坡妹就是他口中的「第四個查某」。對於這一點，坡妹不但不介意反而一臉幸福洋溢——她有一點令我不得不佩服的是，對於自己的職業和賺男人錢這件事簡直理直氣壯得令旁人自覺羞愧。雖然坡妹用她粗嘎的聲音說起甜言蜜語來也是眞爆笑，不過大多數的男人酒一下肚後精蟲跟著上腦，誰跟妳計較那麼多？

兩人的蜜月期沒有多久，一晚湯姆瓊斯雙排扣一反常態的，沒有點坡妹的檯，甚至要我們老闆轉告她，千萬別去他的桌子。因爲他帶著他的三老婆，一個高䠷秀氣，氣質不錯的女人，正旁若無人的你儂我儂。

我一看到那個女人我就知道我家坡妹玩完了，那女人看起來是會邊唱月滿西樓邊彈鋼琴的那一型，言詞文雅，長相秀麗。我心裡滿同情坡妹的，她已經在後面歇斯底里地摔東西、大哭大罵了，鬧到我們老闆生氣了，乾脆讓我開車把她先送回去。回到家裡，坡妹把自己鎖起來嚎哭，我還得回去上班沒法陪她，不過我倒不擔心她做傻事——她不會的，坡妹這種人向來只會虐待別人卻永遠不可能虐待自己。

沒想到我回來以後她卻不見了。我猜她可能去了 Bicycle 。雖然擔心但我沒敢找她，我知道她需要的只是好好發洩一下、豪賭一晚、甚至找個男人 One night stand 。然而直到隔天下午，還是不見她的人影，我心裡有些著急，實在耐不住了便撥了她的電話，卻老是沒人接。去她房間一看，她竟然連手機都放在床頭上。

第三天，還是不見人。我打電話去 Bicycle 詢問，他們說她根本沒去。這下我眞急了。

我開始通知所有我們的朋友，包括一些私人的場子，果不其然，我終於打聽到當晚她確實在一個叫強哥的場子裡打麻將，強哥是飛鷹的，也是兄弟咖。

我心裡大概有數了，她一定撇海了，躲起來了。

一天一天過去了，所有的人都問我「坡妹哪兒去了？」好像她是我的影子一樣。我由原本的同情、擔心，變成生悶氣，喝了酒以後更是火得要命；因爲她的不告而別我必須搬家了，必須離開我那心愛的游泳池和後花園，因爲我沒辦法負擔兩個人的房租。

搬了家還沒完，強哥開始去店裡找我，一次，兩次，三次，臉色越來越難看，話說得越來越難聽。我只能不斷地陪小心：「強哥，我眞的不知道，我哪敢騙你呢？」然後再開一瓶XO，向強哥表達我的敬意。

時間當然是最好的藥；所有，我對坡妹的錯綜複雜，輕巧地說吧！好比驀然回首，往事早已雲淡風輕。其實我一個人過得還滿樂的，不必當她的司機，陪她吃飯玩樂，我也認清了自己不太適合壞女人的角色，也許壓根，我對別人沒有太大的需求。

那是我在A城的第三年，談過了幾個不痛不癢的小戀愛，剛寫完第一本小說，正試圖回頭，凝視自己過去三十年來「那一襲爬滿蝨子的生命華袍」。

那一整年，我前所未有的運動，每天都要在SPA裡花上兩三個小時，因爲我要出很多的汗，要有那種死過去又活過來的感覺。

那一天就像每一天一樣，我做完運動後，洗完澡走進蒸氣室裡休息。蒸氣氤氳中，我看著坐在我對面的那個女孩，身上的比基尼奇怪怎麼好生眼熟？再仔細一看：這不正是我家失蹤人口坡妹嗎？「妳媽啦！」我當場罵了出來。罵完我就笑了——是滿好笑的，兩人居然穿著比基尼在Holiday SPA重逢。

坡妹一見是我，也笑了，只是笑得很不自在。我倆一時無話，氣氛有點尷尬。

我只好說「：妳還住A城嗎？」

她說：「No，我住C城。」

「從C城來到這兒SPA，妳還眞有一套。」我半笑半眞地說。果然坡妹還是坡妹，從來不虧待自己。

她倒是一臉不好意思，欲言又止，最後彷彿下定了決心：「Baby我跟妳說，我結婚了。」

我一聽，鼻子差點沒掉下來，射手座的一箭穿心，又讓我跌地不起。「誰啊？我不認識吧？」我還是忍不住問道。

她搖搖頭，一臉幸福的笑容：「等一下他會來接我，我再幫你們介紹。」

一年不見，我跟她似乎生疏了許多，我們沉默地站在Holiday SPA門口，偶爾提起一些朋友，也只有兩三句話而已。沒想到再見到她我居然是這麼輕鬆，於是在等待他老公的過程中，我突然看清楚了自己這兩年來的放縱、孤獨，和她，其實都是我生命中一串美麗的姿勢和追尋，驀然間我很想用力地擁抱她。

她老公看起來是個老實的傢伙，呆呆的笑容，一臉涉世未深的樣子。

「肯定是被妳騙到手的。」我笑著跟她說。

兩人甜蜜地互望一眼，跟我定了個遙遙無期的約會，目送著他們的Mini Van漸消失在斑斕的夕陽裡，而我跟坡妹的A城姊妹花傳奇，也暫時打下一個刪節號。

明明不是天使

我曾在五星飯店待過大概一年多，常在飯店的咖啡廳裡和客戶談事情、簽約。咖啡廳裡常有些漂亮的年輕女孩出入，身邊總有不同的男人陪伴，而這些男人，有的剛開始是以搭訕的方式互相攀談。

有一天，我看到了一幕「男人認出女孩但女孩卻死不肯承認」的場面。雖然鬧得不可開交，但女孩始終如天使般微笑，彷彿我們這些旁觀的人，完全不在她眼裡。

＊

女孩在浴室裡磨蹭了好一會兒，隨即坐回客廳，縮在沙發裡咬她的手指甲，偶爾抬起頭來，眨眨她迷濛的大眼睛，右手緊貼著裙襬搓啊搓的，露出粉嫩的大腿。

「告訴我妳叫什麼名字？」男人儘量把視線拉回女孩的臉上，擠出和藹的笑容。

「我叫蘿莉——」女孩垂著眼說：「叔叔……我怕！」

「不要怕！叔叔這裡很安全。」男人起身，倒了杯早已準備好的柳丁汁給她：「蘿莉乖！叔叔會保護妳。」

「謝謝叔叔！」蘿莉露出天使般甜美的笑容，喝了口柳丁汁，兩人有問有答對話了一陣以後，男人的眼光無意飄到杯緣那個半月形粉紅色唇印上：「妳擦了口紅?!」剎那間男人悲慘地嚎叫：「妳怎麼可以擦口紅呢？」

蘿莉呆住了：「對不起！我不知道——」

「算了，妳還是走吧！」男人厭惡地擺擺手：「妳們都一樣，不是妓女就是蕩婦。」

蘿莉吐吐舌頭：「叔叔我錯了，你罰我吧！隨你怎麼罰我都行。」

說著她驟然坐到了男人身上，並將舌頭伸進男人的嘴裡，變成一塊麥芽糖黏住了男人，再抓起男人抖個不停的手，放進她的學生裙裡，跟著坐在男人身上的蘿莉，上下來回地磨蹭著，騎馬打浪似的。

男人全身顫慄起來：「不要——」可是他的聲音越來越脆弱：「蘿莉，我是妳的心理醫生——」

「就因爲你是我的醫生，所以要治我的病！」蘿莉變成了小魔女，笑淫淫地吐著妖火說。

「蘿莉——」男人瞳孔放大，就要呼吸不過來了。

「醫生叔叔，我的病在這裡。」她抓住男人的手，往自己的內褲裡鑽。

十分鐘以後，蘿莉笑盈盈的從浴室裡走出來：「叔叔我今天表現得還可以嗎？」

男人從沉思中驚醒。「喔！很好！很好！不過妳好像漏了一段。」

「是喔？」蘿莉聳聳肩，「下次我背熟一點囉。」她突然想到：「下禮拜我要出國玩幾個月，公司會找另一個蘿莉給你。」

「嘎？」男人大驚：「幾個月，那怎麼辦？還是等妳回來吧！」

「醫生叔叔別擔心，」蘿莉笑著說：「我的職務代理人是公司很出名的監禁女教師喔！」

「監禁女教師——」男人的表情有點心動，於是改口道：「那，讓她下禮拜來試試看吧！」

「我就知道你是個老色狼。」蘿莉笑嘻嘻地捏捏他的褲襠：「走囉！拜拜。」說著走到了門口。

「等一下！妳的制服？」男人忙問道。

「我留在浴室裡了。」蘿莉回頭眨了眨眼：「掰了醫生叔叔，我會幫你帶好東西回來的。」

等電梯的時候，門裡隱約傳出類似小女孩的哭泣聲，女孩正想罵聲「老變態！」時，電梯門「噔」的一聲，就開了。

走出醫生叔叔的公寓大樓，女孩掏出皮包裡的本子，在心理醫生那欄後面畫上了一顆心心，再畫上一個哭臉，略微算了一下這個月的入帳後，便露出開心的笑容，發幾通簡訊約好晚上的KTV後，她想，時間還早，去Shopping吧！

女孩喜歡去五星飯店的商店街Shopping，那兒有不少精品名牌店，運氣好的話也會碰上買單的凱子爹。而通常女孩的運氣都滿好。只有一次在福華飯店的咖啡座上被一個禿頭大肚的男人認出她來，叫了個她常用的名字：Amy。

她當然要否認了，她怎麼知道怎麼記得她做過什麼事？她幾乎什麼事情都做過。

從此她的皮包裡多了本行事曆，用簡單的符號記述她的行跡和往來、遊戲的規則和角色名稱，她的世界就在每一欄每個名字中穿梭變化著，有多少名字、多少衣服就有多少角色！有時女孩忍不住懷疑，也許走上這一行只是因爲她太喜歡穿漂亮新衣服的關係。

稍晚，女孩與高采烈地在穿衣鏡前試著新行頭，忽聽到陽台有重物掉落的聲音，她趕緊出去看，找了半天才發現大花盆後倒栽著一隻男生的球鞋，女孩皺起眉頭用腳尖勾出那隻球鞋，猝然一聲類似煞車的尖叫，再一陣黑影，風似的鑽進屋內，女孩花容失色，扯開喉嚨大叫的同時，電鈴又適時「叮噹」「叮噹」的響起，這一下女孩更像踩到死老鼠似的，魂飛魄散地尖叫了起來。但光叫也不是辦法，女孩只好一邊默唸著大悲咒，一邊小心翼翼朝門口接近，萬一門外有個水電工殺人魔的話，她的手機已經先撥好了119，雖然她最討厭的就是警察……東想西想，好不容易她湊近門上電眼一看，怪了？怎麼沒人？再仔細看，半個人高的小女孩正墊起腳尖使勁兒地按著她的電鈴。

女孩打開門，半蹲著問：「美眉妳找誰？」

小女孩露出如釋重負的表情，眨眨眼說道：「姊姊妳有沒有看到我的痞皮？」

「妳的痞皮是誰啊?」女孩問:「妳叫什麼名字啊?」

「痞皮是我的貓貓,我是小Amy。」小女孩說,笑容像一粒草莓般新鮮。

女孩頭皮一麻:「喔!小Amy。」

原來陽台上那類似煞車的聲音和黑影是小Amy的痞皮,一隻灰色的短毛波斯貓。

小Amy從口袋拿出幾條鱈魚香絲,一邊喚著:「痞皮~~痞皮~~」果然一會兒痞皮滿臉不在乎的從電視機後面走出來。

小Amy抱起痞皮嘟囔了幾句,想起什麼似的,從另一隻口袋裡掏出——眞的是顆草莓,遞給女孩並說:「謝謝姊姊,那請妳吃!」

過了幾天,女孩在樓梯間遇見了小Amy,無尾熊似的勾在一個男人的身上,半閉著眼,臉紅通通的微喘著氣,似乎生病了。

「怎麼了?小Amy?」女孩捏捏小Amy棉花糖似的手,男人朝她笑一下。

「我去打針了。」小Amy有氣無力地說:「我只哭了一下下!」

「是啊!」男人笑著說:「小Amy好勇敢。」

「姊姊妳來陪我玩。」小Amy喘口氣說:「我把拔要去上班。」

「把拔今天不上班，在家裡陪妳。」男人說：「小Amy乖，不要吵，姊姊也要去上班。」

「我今天也不上班。」不知爲什麼她就這麼說了：「小Amy住幾樓？姊姊等下去看妳——」

「小Amy睡了。」男人笑著說：「請進。」

女孩猶豫了一下，仍舊進了屋，她想既然都花了時間精心打扮了，還是不要浪費的好。

男人自然的將手搭在她肩上，帶她到小Amy的房間：「小Amy，姊姊來看妳了。」

「別叫她。」女孩忙說：「讓她睡。」

不知怎麼地，看到小Amy抓著被角，眉頭微皺的樣子，她的心微微疼痛起來。

男人的手仍搭在她的肩上，兩人在小Amy床前站了會兒，男人在她耳邊輕輕問她：「吃飽了嗎？我正在煮義大利麵。」

「好啊！我最喜歡吃義大利麵了。」女孩笑著說，把胸部挺得更高了。

男人心急，義大利麵還沒熟已將手指伸進女孩的低腰褲裡，節奏迂迴的搓揉擠壓，並順著她光滑的小腹企圖往下。

女孩心裡盛讚男人的技巧，心想，一下玩完了沒意思，於是半推半就欲擒故縱地混過上半場，逗得男人漲紅著臉隨時要噴出火來的樣子，下半場，吃完義大利麵以後，女孩睇著眼打量男人：「謝謝你的義大利麵，我回去了。」男人哪肯讓她回去，當場惡狼一樣撲上來，三兩下便扯掉了她的上衣，也把自己剝個精光，戰況正激情香豔之際，小 Amy 的聲音突然響起：「把拔我要喝水。」一抬頭小 Amy 站在她們面前：「把拔？你爲什麼坐在姊姊身上？姊姊不乖嗎？」

男人慌忙穿上褲子，把小 Amy 哄進了房，再回來時男人兩腿間縮著一隻疲軟奄奄待斃的鳥。女孩蛇一樣纏上他身，露出邪邪的笑容說：「把拔，我不乖！你再坐我一下嘛！再坐我一下我就乖了！把拔，來嘛來嘛！」小魔女蘿莉突然就現身了。

男人勃然大怒：「妳說什麼！」伸手去摀她的嘴，女孩奮力抵抗，瞬間肉體陷入了暴力的對峙，兩人扭打撕扯擠壓著，火舌似的相互消滅吞吐。

史無前例的，女孩在「爸爸」那欄後畫上五顆心心，五顆心心後面再畫上五個笑臉，她亦經常回想起這次美好而意外的性經驗，並有意加入 S.M. 暴力妹的角色在她的營業項目裡。可惜唯一不完美的是：當兩人再次相遇樓梯間裡，男人竟然眼睛一撇，裝得不認識她，更露出嫌棄的臉色。氣極之下，女孩把那五顆心和五個笑臉狠狠劃掉，只剩下十個生氣的大叉叉；是她本子上最醜的一條記錄了，幸好暴力妹的角色還頗受到好評，也就功過相抵——算了。

貓朋狗友

張強在出境大廳的人群裡笑盈盈地朝我招手。

他變得不一樣了，Armani的外套，Prada的牛仔褲，臉上多了一抹小資小資的微笑。居然還開了一輛紅色的Mustang。可我腦海裡老是湧現出當年和他在北京坐三輪車的情景。一路上，我們快速地交換了這幾年的動向，不知不覺就到他家了。

甫踏進屋裡，我立刻被屋內雅痞的布置給吸引，東看看西摸摸，一邊心裡微微地訝然：才不過幾年，他的品味已急速三級跳，資本主義到底是厲害啊。

一杯紅酒以後，話匣子打開了，張強突然露出神祕的表情，他小心翼翼地從皮夾裡拿出一個小紙團，打開，是兩粒橢圓、表飛鳴大小的白藥片。

「這什麼？」我訝異地問他。

他還笑不語，要我拿起小藥丸仔細看，小小的藥丸上面有一個蝴蝶的小 mark。

「你什麼時候也玩起這個來？」我略微緊張地說。

「也沒有玩，朋友給的。」他露出不在乎的微笑。

「什麼朋友？」我問。

驀地他露出迷茫的表情，嘿嘿乾笑兩聲後點了根菸，在嫋嫋的煙霧裡，張強緩緩開口：「她有九隻紫色的金吉拉……」

＊

關於那九隻紫色的金吉拉，讓我先擺一旁，先說些零星的、阿狗阿貓的故事暖個場好吧？

我的朋友金娃娃有隻虎斑貓叫三角，是她在路上撿到的，三角的性情十分囉唆古怪，譬如說要是娃娃回家晚了，牠就會從娃娃進門開始一直喵嗚喵嗚的唸到她上床爲止，或許牠以爲自己是娃娃的媽媽也不一定。

一次娃娃不在家，我去她那兒借收一張傳眞紙，開了門進去以後，就看到三角衝著我齜牙咧嘴兇得不得了，我走到哪兒牠就跟到哪兒，喵嗚喵嗚的彷彿警告我：「喂！我家主人不在，妳來幹嘛？」

至於芬的痞皮，則是我碰過最聰明、最漂亮的貓了；牠是隻白色長毛波斯貓，從小就拍廣告，氣質也就像一隻明星貓，最喜歡的事就是坐在電視機上，擺Pose，要酷。

可一碰到羅大佑，酷酷的痞皮立刻破功。

每當我們一群人在房裡聽音樂聊天時，痞皮都不屑進來與我們爲伍，然而當一放起羅大佑——嘿嘿！這小子，忽地不聲不響地坐在房門口，尾巴點一下、點一下的，跟著打拍子。後來被發現了，牠還挺不悅，驕傲地扭頭就走。等到大夥兒說說笑笑又不注意了，牠才又躡手躡腳地回來。尾巴又在那點一下、點一下，可愛到大家都捨不得揭穿牠，只好假裝沒看到。

我喜歡貓勝過狗，因爲狗兒的熱情躁動讓我頭昏氣喘，也可能因爲我越來越冷淡的緣故。

兩年前我曾撿過一隻流浪狗，秋田，不到一歲，乾乾淨淨的，看樣子剛走失，脖子上還掛有頸圈。那時候我有個大前院和小後院，我心想：讓牠待在院子裡也不錯，可以替我看門；我那圍牆可是矮到蹬一下就翻過了，萬一眞的有賊，那也是一翻兩瞪眼、只有聽天由命的份了。所以我的朋友阿蹦幫我想了個智退小偷的方法：他建議我，萬一眞的有小偷拜訪，我要機靈地披上事先準備好的白床單，出其不意出現在他面前，一臉含情脈脈地說：「討厭！你怎麼現在才來！人家等你五百年了……」

話說回來那隻秋田來到我家以後，表現還不錯，不會抓門，也不會沒命地叫，只是太聰明了，會用鼻子開我的門進屋來逛，不過牠更會看臉色，我才剛要罵呢，牠馬上一溜煙地跑了出去。剛開始，我會帶著牠去海邊散步尿尿，後來我懶了，索性把門打開，隨牠自由進出。起先牠還有點猶豫，蹭了幾下門，見我不理，牠歪歪頭想了想，就出去了。

但其實我是不放心的，便偷偷地跟在牠的後面，看牠到底會去哪裡。就見牠沿著那條我每次帶牠散步的路徑，約莫三分鐘的路，走到海邊以後，坐在我常坐的那棵老榕樹下，頭微仰著，彷彿在看海……我被牠的模樣逗得笑了出來，死樣子還眞像我，故作憂鬱的咧！

不過這是我養過的最後一隻寵物了，因爲我知道我永遠沒有辦法愛牠像牠愛我一樣，當牠離家出走後我竟有種如釋重負之感。後來看到牠在一家海產店當看門狗，旁邊還有幾隻玩伴，很開心的樣子。看到我牠依然熱情地搖著尾巴，但是我很羞愧，從此繞道而行。

老街上有許多流浪貓，牠們常逛到海邊來，一排等在釣客的魚簍旁，有些耍流氓的、搶了就跑的，也被我撞見過不少次。比較有印象的，是市場裡那隻灰白的短毛貓，一隻眼藍的、一隻眼綠的，每到黑夜裡就發出寶石般閃閃的光芒。牠喜歡蹲在垃圾箱上，機警地盯著人看，尾巴斷了一截，翹起來顯得格外詭譎。還有一隻黑貓彷彿是從愛倫坡的故事裡逃出來的，眼睛賊亮賊亮，身手矯捷的就像個大內高手。想接近牠不太容易，通常要保持在100公尺的距離外，還要裝出你根本沒看見牠的樣子。

偶爾寫到貓，我都充滿了敬意。對我而言牠們是極古老、神祕的一群，牠們是我不需要主義最高最完美的圖騰，我衷心地羨慕貓兒的冷淡獨立，自由來去。

一回我夢見了一隻貓，醒來以後，就用小畫家軟體畫了下來，越畫越覺得蹊蹺，畫好以後竟然像極了我前面所說的那隻明星貓痞皮，但彼時痞皮早已上天堂了，因此我才動手寫起這篇文章。而我認識的貓都滿像牠們的主人；聽說寵物確實會拾遺主人的某些個性。

說到這兒，我就要講回一開始，那九隻紫色的金吉拉；牠們的主人叫法蘭西斯羅絲瑪麗李，是個香港女孩，景觀設計師，處女座AB型，據了解是那種臉上冰霜、感情壓抑，卻玩得比誰都瘋狂的女人。她的九隻金吉拉都養在一個大房間裡，每天下了班回家就鑽進貓屋裡跟她的金吉拉們玩耍，一玩就是好幾個鐘頭，誰也不知道她在幹嘛。除了工人進去打掃外，她不准任何人進她的貓屋，也不讓貓咪們離開房間。

羅絲瑪麗李有一個King Size的床，房間裡只有黑、金兩個顏色，牆上裝飾著巨型的、光纖素材的人造花，而她的朋友除了她的髮型師、服裝設計師，和一些搞電子音樂的DJ外，就沒有別人了。

儘管生活優渥、朋友有限，羅絲瑪麗李仍定期地去看心理醫生，皮包裡隨時有各種最新的迷幻藥物；這些都是那個晚上張強告訴我的，張強是個北京的搖滾青年，當時正陷入對羅絲瑪麗李的迷戀裡，極需要對人傾訴。

與其說這個法蘭西斯羅絲瑪麗李帶給我無窮的想像，倒不如說我更想知道那九隻金吉拉各有什麼性情與不同，牠們委實占據了我好長一陣子的想像。

終於有一次我見到了法蘭西斯羅絲瑪麗李。

那是個生日 Party，張強和一些做音樂的朋友，臨時湊了個現場爵士樂隊，在中環的蘭桂坊——97酒館旁第二條巷子右轉後的第五家，一個地下室西式餐廳裡，有十幾張檯子，桌上鋪著米色的格子布，當中有個小舞台，已經放了兩隻架好的麥克風，兩隻高腳椅，桌上擺了些西式的自助餐點，客人已經散散的，坐了兩三桌。

遠遠地，我打量著那個羅斯瑪麗李，她看起來像小一號的張曼玉，下巴尖尖翹翹的，滿漂亮，但眼睛怪怪的，再仔細一看，是分得太開的緣故，故而有一種奇異迷離的神色。

我不好意思一直盯著她看，於是撇過頭，剛好我的另一個朋友華仔推門進來，我趕緊朝他揮手。等我想起再回頭時，羅斯瑪麗李不知什麼時候已經離開了。

沒多久，張強又交了個模特兒女朋友，我就再也沒有機會聽到羅絲瑪麗李的故事了，這點眞是滿可惜的——我對那九隻紫色的金吉拉實在是念念不忘的嚴重啊，更別說是那個皮包裡帶著各式鎮定劑的法蘭西斯羅絲瑪麗李了。

夢想

我們都認識一種人：
他們極容易愛上別人，極需要對人傾訴以得到別人的關注，
極容易愛上別人的人可能也是極度逃避自己的人，他們的感情像蔓藤，
必須依附攀爬，必須有宿主。

飛兒

彷彿置身於一個陌生寒冷的星球上，空中飛滿了螢光的蟲，
紅的、藍的、黃的、綠的，有著蝴蝶的翅膀蝙蝠的頭，
忽遠忽近一陣陣沙沙沙的聲響起，再一聽原來是來自身體裡，
而身體如一本厚厚的電話簿正被白蟻啃蝕著……

老街

當滿天的天燈在空中冉冉昇起、靜靜燃燒的那一刻真是淒美，
莎兒無法不聯想到那些分手、那些業已告別了她生命的靈魂，
就像天燈無聲的飄走，而遠近不同的煙花，似黑夜裡鑲滿了鑽石珍珠，
旋轉、奔跑、綻放、歡笑，不停的起落。

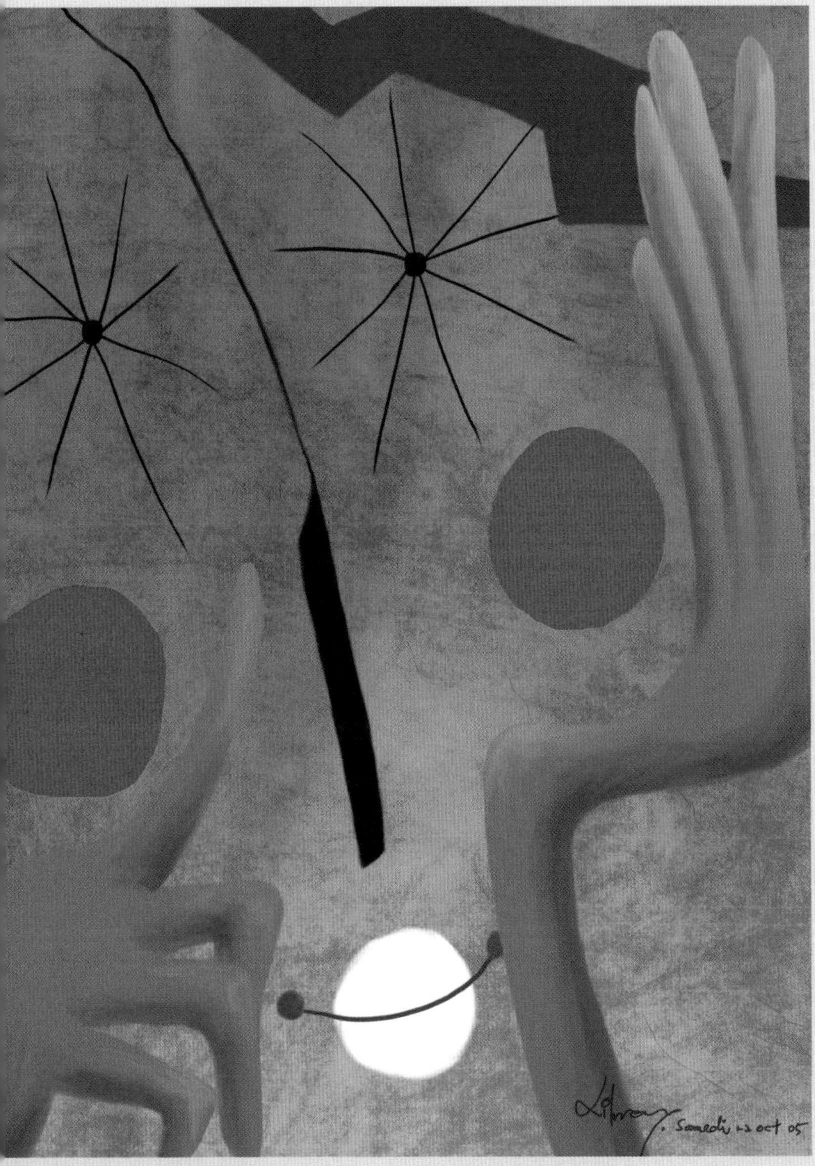

夢想

我有過三十幾個工作，時間都不長，一方面是我的耐力不足、喜新厭舊，另一方面是我老覺得，冥冥之中彷彿有一條叫夢想的路，等在日子的前方。

因此在眾多工作的機會裡，我選擇了這家達康公司：這是家搞拍賣的藝術網站，老闆看起來挺有實力，三十歲不到，擁有雙碩士學位，家裡又有間三百坪大的私人藝術收藏館，實際出錢的也就是老闆的爸爸，是個豪爽熱情的藝術愛好者，這些年在大陸開陶瓷工廠很賺了些錢，遂做起了藝術投資，簽了不少大陸畫家，準備好好地經紀代理一番。

我以爲，在這家公司，我可以遇見我的夢想。

＊

又換了個工作。這次——我在心裡暗暗發誓：一定要幹得長長久久。

公司在南京東路三段上，布置得時髦酷炫，正是時下的達康公司給人的印象。而坐我隔壁的玉女小我五歲，是個大眼、學美術的女孩。我倆除了是公司裡唯二的五年級外，還有另一點相同的目標：就是讓網站趕在三個月後的藝術博覽會之前正式上線，屆時現場要舉辦大型的義賣活動，以期一炮打響知名度。

頭一天上班，玉女帶我去吃中飯，尙在寒暄階段，玉女忽然收起嘻笑，一臉認眞地說：「林姊妳知道嗎？我跟 200 個男人上過床。」說完冷靜審愼地瞪視著我，等著我的反應。

我頭皮「唰」的一麻——乍然面對一個張愛玲式的經典角色，除了不動聲色以外，我也不知道能做什麼了。但我知道我的反應將決定以後玉女對我的傾訴，所以我只能讓自己儘量的面無表情。我一點都不希望玉女告訴我那 200 男人的故事，我怕那些故事太脆弱太複雜，會影響並改變我和玉女剛建立起來的同事關係，進而去越過那條人與人之間最隱私的界線。也許因爲當時的我正在發展一種不需要主義：

儘量不使自己對別人產生需要，當然也不希望別人對我產生需要。

我們都認識一種人：他們極容易愛上別人，極需要對人傾訴以得到別人的關注，極容易愛上別人的人可能也是極度逃避自己的人，他們的感情像蔓藤，必須依附攀爬，必須有宿主。我認爲玉女一開口就要用 200 男人的故事震撼我，實在是這種蔓藤式的渴望原型；老實說，就算玉女有再瘋狂再瑰麗的性幻想，我也不能去聽。我的世界根本消化不了這樣的瘋狂。然而我還是止不住去想：眞的？假的？玉女爲什麼要告訴我？她眞正想說的又是什麼？

公司上班的時間頗爲自由，我常常端了杯咖啡坐在樓梯口，想事情寫東西，一坐就是一下午。我不太能坐在公司裡，公司裡的同事雖然不多，但全是些學校剛畢業的小孩，大概因爲是他們的第一份工作所以異常興奮吧！辦公室裡總是罩在一片嘰嘰喳喳的歡樂裡。我沒法在這種同樂會的氣氛裡想事情，所以樓梯間便成了我和玉女的專屬討論區。

玉女的專業知識很豐富，但是對語言的掌握似乎不很準確，經常詞不達意。所以漸漸地，我們的溝通就多了一種無法言喻的傳遞，特別是情緒的傳遞。我老是覺得玉女的聲音裡有一種奇異的不安，尤其在她聊到老闆和其他女同事時，她的眼睛立刻像貓咪的瞳孔，瞬間放大和縮小，聲音也高了一個音階，莫名奇妙地激動起來。「妳不覺得我們老闆很帥嗎？」有一次玉女甚至這樣問我。老實說我是從來沒想過用「帥」這個字形容我們老闆這樣的男人，他是很斯文，講話很秀氣，屬於賈寶玉型，不過我比較喜歡我床上躺的是皮爾斯布洛斯南。

經玉女這麼一表白我彷彿又明白了很多事情，止不住好奇的同時又有點心煩，又變得不想知道太多。我深知語言和幻想，頭腦和眞實，向來有一種巧妙的拉鋸，我也知道人們的妄想永無止境；光以外表而言，玉女只是個平常的已婚婦女，白皙微胖，穿著邋遢，菸抽得很凶，講話一激動臉就通紅，桌前牆上滿是女兒的照片，小植物小擺設，桌面永遠凌亂找不到東西。如果不是玉女自己透露，我怎麼也想像不到她是個如此重量級的性偏執狂。

某天早上玉女一到公司就塞了兩本相簿給我，我沒想太多，信手翻了起來。我還以爲是畫家的正片資料，沒想到卻是玉女年輕時明豔照人、一絲不掛的裸照。照片中的玉女擺出各種撩人的姿勢，看起來十分專業性感。稍晚，我正和玉女在樓梯間討論她的裸照，突然她小聲地問我：「我女兒在很小的時候，睡覺時就會撫摸自己的性器官，怎麼辦？她是不是被淫魔附身了？還是我造的孽？是不是我害了她？」

玉女一臉要哭出來的表情，看得出被這件事嚇壞了。剎那間我的同情心就一發不可收拾了，我想，多一個人聆聽對玉女起碼是個幫助、是個出口吧！從此，樓梯間裡女人的話題，就在一杯又一杯的咖啡、一根又接著一根的菸裡，漫無止境地展開。

那次我終於問了她跟200個男人上床的事，玉女先是一愣，繼而回答說她有異常的性需求，有時候一個男人滿足不了她，她就會安排候補，所以她很早以前就很多P了，而她是唯一的女主角。「如果男人表現不好我會踢他下床的。」玉女理所當然地說，看得出她是認眞的。

可是，性慾跟數目有什麼關係？異常的性慾爲什麼要用群交的方式呈現？玉女是怎麼長大的？玉女的父母是什麼樣的人？玉女又爲什麼要結婚？爲什麼她一邊略帶自豪地敘述著她的性林春秋，講到她小女兒時，卻又是那麼驚慌失措、自我譴責？

我看著玉女，這些問題卻遲遲問不出口。

自從認識玉女以後，我的生活亦逐漸變奏。隨著玉女一點一滴的透露，我不自覺的越來越虛弱，一種看不見的焦慮像陰影慢慢地滲透，轉眼已遮蓋了我對她所有的想法和感覺，她不再是網站的美術指導，不再是我的同事，卻是一個轉眼就要溺獒的小女孩。
一天下班，我在公司附近吃過晚飯，大概晚上八九點，正要過馬路時，突地看到玉女淚流滿面，和老闆站在馬路中間，似乎在爭執什麼，老闆一臉無可奈何的樣子。
怎麼會這樣子呢？我的心猛然下沉。工作那麼多年，我最厭惡的就是這種和職員搞七捻三的老闆。公司除了玉女以外，還有一個寫文案的女孩明目張膽地色誘老闆，而老闆似乎很享受這些女人的迷魂湯，這樣子的公司會有前途嗎？突然間我對老闆有了不滿的感覺。
玉女開始跟我說些無頭無腦的話：「他有兩天沒有跟我說話了。」
「什麼？誰兩天沒有跟妳說話？」我問。
玉女朝老闆的位置使了個眼色。
老實說我已經到了忍無可忍的階段了；只有一個月了，網站還只在首頁而已，而玉女整天不斷地像個棄婦似的對我傾訴；她已經越線了。我也是。
終於我忍不住找老闆談判。聽完我的敘述，老闆臉色蒼白的彷彿我剛講了個鬼故事。

「不會吧！」他說：「我不至於跟員工發生私人的感情。」

我就把那天下班看到他和玉女站在馬路中爭執的畫面重播一遍給他參考一下。

他沉吟了一會，「那天？當然是討論公司的事。」

「那玉女為什麼要淚流滿面？」

老闆瞪著我，我想我也是問太多了。但我還真不識相：「那個誰誰誰呢？她告訴每一個人說她是你的地下女朋友。」我瞪著他自以為是他褓姆似的理直氣壯。

第二天老闆就帶了他的正牌女朋友來上班，同進同出了好多天，辦公室裡的那些女人頓時乖巧多了，而那些嘰嘰喳喳的耳語，暫時也被消音了下來。

然而玉女的狀況卻越來越多了，有一天她打電話給我：「我不能來上班了，幫我請假。」

「怎麼了？生病了嗎？」我隨口問道。

「沒有！」玉女回答：「我媽媽把我關起來了，我走不出去。」

我嚇一大跳，「關起來？怎麼回事啊！」

「她用了太多鏡子，」玉女煩惱地說：「我就告訴她房子裡不要裝太多鏡子。」

我接不下話了。諸如此類的對話越來越頻繁以後，我忍不住替玉女乾著急，想勸她求助於專業醫生，又有些猶豫不決，不知道該不該開這個口。

藝術博覽會前半個月，玉女終於請了長假。她沒告訴我爲什麼，但我想我多少了解一點吧。所幸美術方面我們很快找到一個執行能力很強又會寫程式的設計，一個禮拜不到網站就上線了，每天大家爲顏色爲版型爲幾個字吵得不可開交，我暫時把玉女和她的問題丟在一旁。

一晚我加班到深夜，安靜的辦公室裡突如其來的電話暴響起，嚇我一大跳，我一邊瞪著電話一邊想：是誰呀？大半夜的，不會是找我的吧？

居然是玉女。她的聲音聽起來有點亢奮：「我就知道妳在加班。」

「嗯！我也要回去了。」我說：「妳還不睡？幾點了都？」

玉女嘩啦啦報告了她的近況，「到時博覽會我會去幫妳的忙。」玉女說：「妳一定很忙。」

「也還好，有分工就是了。」我笑著說：「來玩嘛！大家都很想妳的。」

話一出口我就後悔莫及，果然玉女旁敲側擊地問我，她請假以後老闆有沒有提到她？有的話是提了幾次？

「沒有注意啊！」我打著哈哈說：「我最近忙得沒時間跟他說話。」

來。」

「喔！」玉女頓了一下，驟然很興奮地說：「我瘦了，到時候妳們一定認不出我來。」

「眞的？那太好了！」我繼續打著哈哈：「對不起我眞的必須走了。」

藝術博覽會開幕的前一天大家亂成一團，很多該到的東西沒到，該準備好的東西沒準備好，我正抓著電話在世貿二館內大吼大叫跑來跑去。玉女忽然出現在眼前：是清瘦了許多，看起來跟裸照中的模樣比較接近，眼裡泛著一層奇異的光，不斷四處搜尋。

「老闆呢？」她迫不及待地問。

我朝前方不遠的地方一指：「在那兒，跟人談事情。」

玉女對著老闆輕快地走過去，然而走過老闆身邊時，她卻視若無睹、筆直地往前走。

「不！」我想告訴她：「妳走過頭了。」脖子卻被掐住似的叫不出來。

玉女多走了十幾步以後，停下，滿臉迷惑的東張西望，我朝她猛招手，於是她便往回走。

走到老闆身邊後，玉女停下來，看了老闆一眼——老闆也看了她一眼，不曉得是不是沒有認出她來，總之老闆繼續撇過頭去，跟人討論著拍賣底標。然而奇怪的是，玉女在跟老闆對望了三秒鐘之後居然一點反應都沒有，直接轉過頭往相反的方向走掉了。這一走，我再也沒有聽過她的消息。

不久後我也辭職了，這個工作並不如我預期的久——事實上只維持了半年而已。然而辭職的決定卻令我快樂無比；因爲我終於想通了一個簡單的道理：當夢想變成生活裡一種節奏和品質的時候，再也沒有時間去容納他人或枝節的表達，只有自己才是唯一的主題，而那條所謂的夢想之路，不在明天，也不在他方，它就是關於現在，此時此刻，往自己、心裡前進的那個決定。

飛兒

阿祥在五星大飯店的健身房裡當教練，每天最大的成就是跟辣妹辣媽們打情罵俏，再向所有的朋友滴水不漏地炫耀。我是他麻吉兼死黨，因此他的戰績我是聽得滾瓜爛熟又倒背如流，加上我失業也有好一陣子了，心情鬱悶不堪，故而常泡在他的健身房裡等他下班後去喝酒——所以難怪，我才覺得游泳池裡的那個女孩如此眼熟，盯著她盯著她就恨不得她的泳衣被我看出個洞來。幸虧隔了道玻璃門，我不至於顯得太色情狂；我只要一盯著女人看就會流口水，有時還會發出「嘖嘖嘖」、豬的進食聲，這也不能怪我，大頭不常用的後果小頭當然蠢蠢欲動。

女孩像隻海豚切入水中，濺起幾朵俏皮的水花後，再荷花仙子似的升出水面，靛藍的池水襯得她亮晶晶白嫩嫩的，就像顆去了皮的水蜜桃，鮮美多汁。我不由自主嚥了口口水，想像我先吞下她那對混合著狂野與孩子氣的眼睛，再吞下她小巧的鼻子，吞下她的舌頭她飽滿的胸脯，想像她一吋一吋黏稠地滑下我的喉嚨……正想得開心之際阿祥卻在我面前比了個中指，我這才如夢初醒，傻望著阿祥，完全忘了來找他喝酒的事。

英明的阿祥替我們做了簡單的介紹，眨了個眼嘴歪歪地說：「各自去創造幸福吧！」一面朝正在收東西準備下班的櫃檯辣妹咧咧嘴。

我當然明白他的言外之意，尾隨著這名叫飛兒的女孩步出飯店的停車場，正思索著該如何開口要電話，飛兒突然轉過臉笑嘻嘻地對我說：「餓死了，陪我去吃東西吧?!」

飛兒領著我來到一家大皇宮似的海鮮餐廳，大大的水晶燈，紅豔豔的龍蝦，滿屋子衣冠楚楚的食客，頓時我傻了眼，茫然地看著飛兒面前的那三大盤龍蝦生蠔螃蟹，看著她狼吞虎嚥，將桌上所有的食物，變魔術似的一盤一盤變不見，而我的生菜沙拉才剛吃完呢！

回到飛兒住處，我正盤算著下一步，不想飛兒斜睨著我笑道：「上來啊，你不想上來嗎？」

一時我慌了手腳，傻女婿般的跟上樓，還沒進門呢，飛兒已經餓羊撲虎地解開了我襯衫上的扣子，一陣推拉挨擠，兩人在浴室氤氳的水氣與肥皂泡裡，先來了激烈的一回合。

而後到了床上，比浴室更激烈火辣，我使出僅知的五種體位，奧運比賽似的賣力演出。飛兒配合得很好，好像我的老炮友，深知吻的藝術和技巧，撫摸的弧度和停留，齒痕的深淺和狂野，比起方才浴室裡的戰事更 high 上一百倍，經過一陣熱烈廝殺後，我方才偃旗倒下，身邊的飛兒卻霍地起身，一把裹上浴巾，飄進了浴室裡，旋即裡面傳來陣陣嘔吐的聲音，跟著我就被趕出來了。

一路上我混亂地回想著一晚上的種種，迷惘像狂風似的捲起我，我的心彷彿就要被擠壓出胸口，我拚命地吼、拚命地吼，吼到一半猛然想起沒有飛兒的電話，立刻掉轉了車頭，閃電般碾過路面，然而繞了半天，卻怎麼也找不到拐進飛兒家的那條岔路。

個把月以後，我騎著機車停在紅綠燈口時，乍然聽見有人喊我的名字，我東張西望，終於看到對街天橋上有團熱騰騰的紫色站在那兒拚命跟我揮手，看不清楚面容，但直覺告訴我，那正是我朝思暮想的飛兒。我趕緊把車停到路旁，等著那團紫色撲向我。

出乎意料的是這次飛兒似乎並不熱衷於做愛，而且她的長相與打扮，與上次判若兩人；說實話我早忘了上回的飛兒長什麼樣，只記得她濕漉漉的長髮，涼涼的體溫，和屁股的弧度。現在只要一想到她我便陷入難言的性焦慮裡，雖然一路上我什麼都沒說，只是默默地陪著上北淡水一間仿唐式的大道場，繞了大半個山坡拜過或坐或臥或騎龍的菩薩石像數十尊，也脫了鞋、畢恭畢敬，求了支什麼籤還花一千二解半天，我眞他媽的覺得這個飛兒簡直看穿了我心裡色影幢幢，才會帶我到這兒感受一下神魔兩界的鬥法——太好了，我只差沒跪下來懺悔，剛才亭子裡才滿腦子想著要是把她撲倒一下，不知有多美好。

求完籤以後飛兒的臉色也不見好轉。她嘆了口氣說：「不如我們順路去基隆找歐桑聊一下吧！」好吧！歐桑就歐桑吧！我便風塵僕僕飆到了基隆，歐桑卻不在家。不過飛兒不介意，她已經跟歐桑的兒子和一票小鬼聊開了。小鬼們正在談離家出走的事，大家似乎都有一堆經驗談搶著發表。倏地歐桑的兒子說：「翹家？我想都沒想過。」旁邊那紅頭髮的小鬼一巴掌砍在他腦門上：「靠！你幹嘛翹家？你家裡什麼都有幹嘛翹家？」眾人嘻嘻嘻哈哈哈亂笑一陣，飛兒也開心地加入討論，桌上一堆彩色的藥片，大家卯起來嗑，混亂中我也呑了兩顆又好像是三顆。

跟著我的記憶就混亂失序了，渾身成另一種物質，另一種分子結構；像流動的液體，卻是噗滋噗滋地燃燒，而且是斷斷續續的，中途硬岔出另一個時空：彷彿置身於一個陌生寒冷的星球上，空中飛滿了螢光的蟲，紅的、藍的、黃的、綠的，有著蝴蝶的翅膀蝙蝠的頭，忽遠忽近一陣陣沙沙沙的聲響起，再一聽原來是來自身體裡，而身體如一本厚厚的電話簿正被白蟻啃蝕著，在更遠的地方似乎又有另一個背景節奏，波浪一樣的拍打，然而這一切瞬間又陷入一個更深邃黑暗的空間裡，更安靜而不清楚……靠……等一下！我爲什麼騰空在 101 上，不但發光，還勃起呢？

再睜開眼，我已經渾身光溜溜躺在自己的床上，腦袋裡有隊優人神鼓似的，「咚咚咚」敲得太陽穴暴動不已，猛然我又想起：啊幹！還是沒有要飛兒的電話。

望著地上呈大字形的牛仔褲，我發起愣來，拚命想回到那塊失憶的地方，到底做過沒有？怎麼回家的？摩托車還好好的停在樓下，油箱快沒油了，輪胎與擋泥板挺髒的，可見跑了一大段路。一切不過是昨天而已，怎麼我一點都想不起來了？只因爲那些彩色藥片？不會吧！以前也嗑過幾次啊！還不至於完全失去知覺吧！我努力回想飛兒的種種，從她住處的擺設到她的穿著打扮，脖頸間水蜜桃的香氣，聯想到她在我身上的神情，狂熱柔軟的表情——濕漉漉的飛兒又浮出眼前——小弟弟在褲襠裡連踹了我好幾腳，叫我趕緊去沖冷水澡，誰知沖完澡依舊灼燒得慌，我只好換了件內褲下了樓，油門一踩，沒命的往前飆就對了。

直到深夜，我疲憊地回到家，遠遠看見飛兒坐在我樓下大門口一臉不耐煩又很疲倦的樣子，地上一隻大旅行袋。我已經了了七八分，但不知是怯場還是什麼，我驟然生出一種害羞，想躲避的念頭，好像我是管含羞帶怯的馬子，馬上就要被人做掉。

上了樓，飛兒先發制人地宣布：「明天再說。」果然連衣服都沒脫很快就睡著了。

我小心翼翼，支著下巴躺在她身邊，怎麼躺都覺得不自在，遽爾失去了距離，使我陷入了一種難言的焦灼裡；眼前的飛兒真實的太不真實了，怎麼可能呢？她竟然就躺在我的床上！我的小弟弟縮在褲襠嚇得冰涼，只好坐到沙發上，點起一根菸，隔著嬝嬝的煙霧看著熟睡如嬰孩的飛兒，一切才稍稍地安定下來。

我超想把她搖醒並問個清楚：「妳只是來借宿？或者？」

是啦！我承認我超想要這個女人，這個令我一想到就酥軟勃起的女人，但幾次戲劇性的碰面委實讓我刺激興奮之餘卻又冷汗淋漓，如果要付出什麼代價的話，我付得起嗎？又或者，跟她只是保持純炮友的關係呢？奇怪的是一想到她跟別的男人在一起的畫面就令我很不舒服，甚至有些憤怒，這種憤怒又轉換成一種朦朧軟弱的幸福，於是我又幻想起幸福，這麼周而復始的，暈暈忽忽著，也不知過了多久，沉睡中的飛兒突然睜開眼看到身邊半醒半睡的我，先是愣了一下，爾後，她輕巧地跳下床，將旅行袋打開，拿出簡單的換洗衣物，取出一只黃色的牛皮紙袋，將裡面的東西倒在地上——竟然是一疊一疊的鈔票。飛兒抽出其中的一疊，捲在胸罩裡，再將鈔票放回牛皮紙袋塞回旅行袋裡，廚房找了個置物櫃，把旅行袋揉成一團塞進去。

正因爲她這個動作太奇怪了，所以我沒敢醒，我的警報器暫時管制住了內分泌。

沒想到跟著就是吳宇森的電影情節了：

一個壯漢猝然出現在我的房間裡，是飛兒讓他進門的——所以他們該不會要搶我吧？我連房租都欠了大半年了。

壯漢三十出頭，打扮像黑社會大哥，雖然壓低了聲音依然傳來陣陣殺氣——

「別鬧了！」黑社會大哥這麼說：「把我東西還給我！老子不跟妳計較。」

「我屌你？」飛兒一臉不在乎。

黑社會大哥殺氣亂了：「妳欠揍啊？」

我的氣也在躁動：要不要跳起來？要不要跳起來？

哪知飛兒不甘示弱：「你試試看啊？先告訴你床上那個可是跆拳道國手。」

黑社會大哥發飆了：「肏！國什麼手？老子先剁了他的手！」想了一下大哥又惡狠狠地說：「再剁碎他的雞雞我肏！」

唉呀我的飛兒姑奶奶！妳別害我好不好？我又急又怕，趁亂將臉埋在枕頭裡屏住呼吸。

嘀嘀咕咕說一陣，黑社會好漢又壓低了音量，好聲好氣道：「別鬧了！回來吧！東西有沒有都無所謂啦！不過是錢嘛！」

飛兒好一陣子不說話。

跟著壯漢不曉得說了些什麼好話，飛兒陡地笑了起來，像窗外的風鈴聲一樣清脆悅耳，媽的超淫蕩的。我的呼吸越來越紊亂，同時間飛兒和那個壯漢突然地齊望向我，我的心幾乎要跳出胸口，飛兒彷彿下了決定：「好吧！你出去等我，我跟他說兩句話——」

壯漢愀然發怒道：「說妳媽咧個屄啦！敢上我的女人老子非把他雞雞剁了不可。」

「別鬧啦！」換飛兒斥責他：「人家是Gay啦！你沒看到他紫色的內褲？」

哇靠這個女人眞狠。

壯漢也就相信了，立刻給了我同情的一瞥，拳師狗似的，大搖大擺走出去。

飛兒拿出她千辛萬苦藏在置物櫃裡的袋子，坐在我的床前，抓抓我的褲襠謔笑著說：「別裝了！我知道你沒睡，剛剛你的小弟弟翹起來了，你幫我好好看管他，不許跟別人做愛聽到沒有？我有空再回來找你。」

等飛兒的腳步聲遠去，我才趕緊跳下床並鎖上所有的鎖關上所有的窗子，確定安全無虞了以後，我癱坐在沙發上任由腦袋嗡嗡作響渾身酥軟跟剛搞完一樣，忽地，桌上一包發光物閃了下我的眼，湊近一看，竟是飛兒留下的一包彩色藥片，正發出寶石般的光譜。

後記：

導演打電話來：「喂！妳開始工作了嗎？」

「當然當然。」我說：「我正在打散你的故事，重新發展。」

我正在寫一個叫《愛情是個屁》的劇本。

一月以後，我交了約莫一萬字，導演看了以後說他滿喜歡，可是，只有一點疑慮：

他覺得如果女主角第一次見面就跟人上床的話，可能會招致很多人的反感——

導演特別特別聲明：我是很開放的人……

我試圖說服導演，我的故事想要顛覆的就是性的位置，性的包袱。

在我的想法裡「女主角跟人第一次見面就上床」這事兒其實有意思的，這個堅持和「氣勢」——也就是女主角的欲望、意志和生存邏輯，其實就是這電影的主題。

我終究沒有完成這個劇本。飛兒卻誕生了。

老街

如果沒有捷運，我也不可能坐在這兒爲你述說這條老街的故事，所以，還是讓我先簡單的，從捷運說起吧。

我最喜歡的那一段捷運是從圓山開始，城市和車輛爬在腳下，懶洋洋的雲飄過山腰上的廟，看得到兩旁公寓三、四樓的人家，也看得到他們客廳掛的畫、陽台上種的花、到底懶惰還是勤勞？彼時我正在做廣播節目，常常在劍潭下車，翻過一個小山繞過忠烈祠的旁邊，走到電台。因此我知道山裡頭不但有座廟，還有好幾個老和尚、加上幾條生猛的野狗，可惜我總是匆匆忙忙，無暇停下來聊天攀談。

坐在捷運裡，我大都偏著頭看窗外的景色。如果捷運外的風景已經吸引不了我了，我就會打量車廂裡的乘客。我喜歡看人的表情、想像他們心裡流過的念頭，捷運裡的小孩永遠最吸引我，他們多半會很興奮的、繞著車廂中的鋼管拚命地轉、咯咯地笑，直到被大人喝斥爲止。但通常要不了多久，他們立刻又電風扇似的轉個不停。有些小孩喜歡學語，學著廣播中的女聲說：「豬——尾——死堆遜！」說到堆的時候還要猛地一下跳起來，震地隔壁瞌睡中的阿公老花眼鏡險些掉落地上。而這一切有趣的細節，正是我對捷運所有好感的開始。

*

莎兒住在海邊的老街上八年了，這是她在老街上的第二個家，位於老街背面、臨海的五樓，從陽台望出去海天一色，對岸的山影翩翩仰臥水中，自成一幅天然美絕的山水畫。

平常日子裡，老街挺安靜的，但一到假日便遊客如織、人聲鼎沸，這時莎兒就得放一下午的「齊柏林飛船」或「槍與玫瑰」，方能掩蓋掉窗外海嘯般的人聲浪語。

在老街之前，莎兒跑過許多其他的地方，也有過很多不同的家，如今她在這小鎮上卻難得的、有一種安定的感覺，她原本就善於懷舊，故而認眞地打理起這個家來，家裡的每件家具、每本書、每件不起眼的小擺設、每張CD甚至於每首歌後面的情感：陰雨離別的月台、異國遊盪的下午，都彷彿攜帶著各自的故事曲折迴盪，整個房間便充滿了時空斷裂的交會與想像，即使呆坐在房間裡什麼都不做，莎兒也可以快樂自足的一下午。

夜深人靜是她屋裡最美的時刻了，陽台外一大片海面就像一大塊仙草似的軟滑起伏，黑暗中山影綽約，對岸的燈火如串串鑽飾倒映在海面上，海面遂拉出一道道金蔥銀花似的光條，美麗的令她無法眨眼。然而這只是其中的一晚，海上每一晚都不同，因爲夜光、月光、星光、雲層、霧，甚至因爲風的速度，每一晚也都美的叫她無法言語。莎兒常因夜色太美而捨不得入睡，她喜歡在深夜裡放著慵懶的爵士樂，也許是 Chet Baker，也許是 Lady Day，再爲自己煮上一杯濃郁的曼巴，恁流動的音符，奶油般、慢慢地溶化在咖啡裡，她邊啜飲著曼巴邊聽著樓下陣陣的浪花拍岸，海風不斷地對天邊慇懃低語，思念跟著水鳥，隱隱劃出一道圓弧遁入寂空……

偶爾莎兒也會寂寞，寂寞的莎兒也很虛弱，她也會想盡辦法逃掉自己的寂寞。但她始終不想用一個家、一樁婚姻、一個男人，去簡化自己的寂寞。如果眞的眞的太寂寞了，莎兒會打電話給老情人：「過來陪我一下好不好？」

通常老情人滿有用的。

八年前她剛搬來小鎮時，老街的路面仍是泥濘不堪，房子亦參差不齊破破爛爛。這幾年因爲捷運的人潮，老街有日益繁榮的趨勢。幾年下來發展已經不可同日而語。尤其是河岸的施工完成後，更帶動了人潮的湧進。

老街上的變化奇快，老舊的店如今已淘汰得差不多，有些店家甚至易手過十次以上，但還是有些奇特的老店舖：明祥相命擇日館和老牌明祥相命擇日館、豐隆農藥店、沒有名字的米店，這些店平常不見進出的客人，可總是默默地杵在那兒，大概業主並不在乎生意的好壞吧！

走在老街上莎兒已像老街坊般自在；每條巷子她皆瞭若指掌：哪家有惡狗要繞道，哪家有萬紫千紅的九重葛，還有那些討生活的朋友、鐵蛋網路阿公、米粉湯老闆娘、年輕警員阿忠……熟稔的讓莎兒幾乎有土生土長的錯覺——事實上是有點關係：莎兒的母親少女時代常騎著腳踏車來這兒探望她的外婆——外婆的娘家在更裡面的海邊，幾代都是捕魚的，家裡堆積如山的石花菜常年發出一股海的腥味。

小小的莎兒曾經跟著大她沒幾歲的表舅穿過他們家旁邊的軍營和防風林，走到海邊挖牡蠣捉鰻魚，不小心讓牡蠣殼劃破了手當場血流如注，表舅握著她的手差點哭了出來。這個經驗讓莎兒印象深刻，奇怪的是，這幾年她沒事就騎了車往裡走，卻再也找不著外婆家的那個海灘了。

前兩年莎兒認識了兩位在老街上賣藝的殘障朋友，姓姜，先生品簫，太太吹奏口風琴。姜先生是山東人，基隆長大，曾是家電子工廠的老闆。沒幾句話便說：「我堅持我們的表演一定是Unplugged。」Unplugged這個字讓莎兒忍不住笑了出來，當然是出於尊敬。姜太太則告訴莎兒：幾天前老街上有一個坐電動輪椅的老太太，又被搶了三十張彩券，當場哭得全身發抖。之前姜太太在賣獎券時也被搶過兩次。那時候莎兒已經注意到她了，但從來沒有機會輪到跟她買。因爲老街上討生活的朋友太多了，有些又老又殘，有些智能障礙，總之，姜太太的狀況不是最可憐的，所以她的獎券生意並不好。加上被搶的風險，姜先生便鼓勵她學口風琴。

莎兒是從她一個音一個音摸索開始聽起，聽著聽著，聽到莎兒肅然起敬。所以她壯膽開口跟姜氏夫婦攀談——至少表達一下她的敬意也好。看到姜氏夫婦那樣旺盛的生命力困鎖在一個殘障的身軀裡，莎兒總有被激勵的感動。

至於那位胡琴聲像台煞車壞掉的腳踏車的火旺伯，每天十二小時上下班制，風雨無阻。火旺伯從來沒有一個小節是拉對的，要不音不準，要不落拍、拖拍，或者突然跳到下一段，或想起來了「陝西陝西」（注）的開始調弦，每次聽到他那五音不全的〈補破網〉，莎兒就止不住渾身瘦痛，好像被火旺的破腳踏車猛地一撞，跌了個四腳朝天滿眼金星。

火旺伯卻是領有演出執照的街頭藝人，是捷運局第一年發放的，那年只有六個人報名，所以統統有獎。後來報考的藝人多了，篩選就嚴格很多，演出證一年有效，每年得重考。火旺伯後來再也沒考上過。但還是照拉不誤。

不過比起吉他王子，胡琴火旺完全無害起來。據吉他王子說：他是二十年前的五燈獎得主。後來 Unplugged 姜先生澄清他並不是什麼五燈獎得主，而是個流浪漢，經常在捷運總站附近活動。事出有一天他撿到了一隻笛子，就開始一個音一個音的，慢慢地吹了起來。但他都是躲在捷運經過的一個橋底下偷偷地吹。改彈吉他是因爲後來又撿到一把破吉他（咱們這條老街上還眞有不少東西好撿），半年後，流浪漢搖身一變成爲吉他王子，他經常在鎮公所後面，去捷運站的路上演唱，看起來仍是髒兮兮、橋底下流浪漢的模樣，可以把〈吻別〉唱得像〈思想起〉，也可以被姜成濤附體似地唱一些藝術歌曲：〈散塔蘆其亞〉、〈滿江紅〉之類，再配上他台式的單音吉他伴奏，一下午一晚上，沒完沒了。

福。

自從吉他王子出現以後，莎兒才深深體會到安靜，原來眞是一種天籟般的幸

當然不時會有新的表演者加入：才來的一位婦人帶著兩個小孩，盤腿彈古箏，一曲〈笑傲江湖〉令人熱血沸騰，可惜小孩太皮跑太遠，媽媽不時得停下演奏，先把小孩抓回來打兩下屁股；更想不到的是胡琴火旺居然收了個徒弟，兩人對拉對走音；可是火旺伯也有個對手卡拉OK小盲女，才11、12歲左右，尖尖的童音，有一點智能問題，唱得不錯，更有一種奇異的表達；旁邊與她對唱的中年人應該是爸爸，一臉愁苦的父女對唱。除了走唱，還有些現場為遊客素描畫像的畫家，也有一位當場揮毫的寫字家，用鮮艷的廣告顏料寫著大悲咒，字體像蝴蝶大跳彩帶舞。

老街上還有一多，就是迎神廟會遊行法會多，光是老街上，就有三個清朝年間的古廟，莎兒常常被震天價響的遊行隊伍吵到坐也不是，睡也不是，只好下樓去參與，一回看到鼓社的神明遊街，用的竟是超勁爆的粵語電子配樂：鄭秀文、陳曉東的組曲，打鼓抬轎的則是一身白T恤、球鞋打扮的兄弟，雖然口裡還是嚼著檳榔，但看得出努力改革的決心。

然而最熱鬧、最燦爛的莫過於年三十的晚上了——這幾乎已經變成年度開始的

儀式，放天燈、放煙火，整夜不停的鞭炮聲和人語，莎兒早已經驗豐富，所以每年都預備了好心情，一點好吃的一瓶好酒，配一點交響樂，自得其樂的，享受那無法容納言語的心靈張力。

當滿天的天燈在空中冉冉昇起、靜靜燃燒的那一刻眞是淒美，莎兒無法不聯想到那些分手、那些業已告別了她生命的靈魂，就像天燈無聲的飄走，而遠近不同的煙花，似黑夜裡鑲滿了鑽石珍珠，旋轉、奔跑、綻放、歡笑，不停的起落。

莎兒喜歡一個關於拉斯維加斯的愛情電影，其中有一幕是女主角獨自在她的房間裡，外面的霓虹燈映照著她黑暗的室內，綠的、紫的、紅的、黃的，輪流映照她臉上的寂寞，好看得不得了；當時年輕的莎兒就想要一間那樣有自動燈光的屋子，屋外就是大大的霓虹燈，沒想到多年以後，她就坐在這樣的屋子裡，看著滿眼繁華似錦，轉眼又煙塵飛散。每年到了這個時候，莎兒不爲什麼也覺得開心，尤其是接到老情人拜年的簡訊之後，她更覺得，寂寞，越來越像幸福的腳步，在她半醒半夢似眞似假的房間外，來回地踱步。

注：

「陝西陝西」：我有個朋友從小就是個假溜兒，一次他父親帶他去聽戲，台上的胡琴師傅正在調弦子，小假溜兒聽了半天，仰頭問他父親：「爸爸，那琴幹嘛老拉『陝西陝西』呀！」

在窗前全裸

我明知道這樣下去只有越來越多的不堪。
我依舊不肯離去，繼續抱著那個自欺欺人的角色，
在你給我的專有舞台上孤獨的走位、讀本。
我好怕你開口告訴我：妳已經沒有機會上台了。

雞尾酒女侍

「可是A城的夜色一點、甚至從來都不怎麼樣，」
莎兒很想告訴那女孩：「浪漫有時候可能是一場大誤會啊。」

毛毛

那是三十年前的夏天，我剛考完高中，正對著很爛的心情和滿臉青春痘生氣，
毛毛平地一聲雷似的冒出來，穿著抽鬚牛仔褲，一臉的桀驁不馴，
大嬉皮袋裡甚至塞了一條奄奄一息的小青蛇。

在窗前全裸

「看你的電影比去看你的私生子還爲難，我想我還是不去好了。」我笑著說。

然而你根本沒問我任何話，只是逕自皺著眉、帶了把傘，出門去參加你的首映典禮。

你變了，我悲傷地想，你再也不是當初那個扛著V8跑遍南台灣拍紀錄片的年輕人，你必定也不喜歡成瀨喜巳男和山田洋次了。

想到我們一起看過的電影，我忍不住大哭起來。

不久以後我仍然偷偷地去看了你的電影，就像我一定會偷偷地去看你私生子一樣，而且，你知道嗎？你其他的女友也曾經偷偷來看我，或者說：偷窺我們的生活。

那年夏天你在坎城，我躺在你的床上整夜聽著你的電話留言：留言的是你電影社的學生，她說你不再送她花了。她一直哭著說你太清楚了，好像一個遠遠的長鏡頭。

聽著她整夜一通又一通的留言，我心亦跟著絞痛起，我看到她縮在對面的公共電話亭裡，不知道第幾通的時候我接起電話，跟她說：「妳上來吧！」

她長得不錯，但是語無倫次。看到我她顯得不知所措。看起來正是你喜歡的那種純潔。

我曾經也很純潔的。

朋友們都說你的女主角很像少年的我。這可眞是殘忍的恭維。不料電影一開場我便不停地啜泣；所有我們的生活都被無限放大在銀幕上：那些道具、台詞，那些場景、光影，那些姿勢、眼淚和暴力；啊我親愛的導演，原來我只是你影像世界裡被曝光的底片。

在你的收藏中我看到了許多紀錄片，略感安慰的是，我是最新的一捲。

我知道的是第一晚；我們互相勾引的那一晚，是我答應你把攝影機放在我的臉旁。另一捲我不知道的是我們做愛時的紀錄。忽而我就明白你喜歡《性．謊言．錄影帶》的理由了。但是你爲什麼不告知我偶爾也要當當A片女主角？至少，我可以事先用紅色的指甲油塗塗我的腳指甲。

你就像那些導演極容易愛上他們的女主角：記得嗎？那年你去參加香港電影節，我幫你收了三張明信片，是那個瘦瘦的氣質港星，你們倆才結束工作關係不久。女明星說她正穿著你的襯衫給你寫明信片，還附了照片——沒錯！那是你的襯衫，是我前一年在東京幫你買的。不過我不明白的是你人明明在香港她爲什麼還要給你寫明信片？

你們不斷地在我面前做愛，換姿勢，我知道眼前晃動的是我的嫉妒和醉意，我無法不喝醉，如果不喝個爛醉的話，我會做出任何我想到的瘋狂的事，例如說剪去你襯衫上所有的扣子，換掉你所有的鎖和密碼，或者裝個假肚子飛去香港找你。你知道，這整件事令我最生氣的既不是你跟別人怎麼樣，也不是那捲自拍的性愛錄影帶，而是我的占有慾。

「占有慾。」說完這三個字你便陷入沉默。

我點上一根菸跟你耗著——我知道你最討厭我抽菸了。

「這是我們一開始就碰到的問題。」你的口氣好像在談論國片已有的困境：「如果妳想說的是這點，妳不是也同意嗎？同意我們擁有自己的性自主權。」

「我知道你一定會把這事講成我的占有慾。我自己也老實先承認了。但如果不是我想脫困的話我不會告訴你這些。畢竟我們在一起這麼多年，即使要分手，我也希望我們把話說清楚。」我在掙扎。

你驀地不說話了。剎那間我知道完了，我們沒有了。但我們還是忍著不講。某晚她突然跑來敲門，整夜不停地敲門，一直叫你的名字，叫到後來她憤怒了，不斷用力地踢著門、失控地大叫，直到隔壁的鄰居跑出來喝斥她她才悻悻然離去。整個過程你一句話不說，彷彿極力在忍受什麼似的抿著唇。原本我們躺在沙發床上正看著李察吉爾早期的一部電影《天堂之日》，看完後準備好好做愛的。

「怎麼會這樣？」我驚訝地看著你但沒有問出口。因爲她是你朋友的新婚妻子。每一個人都知道我們在一起，但我們從來沒有承認。一開始是因爲你不想被談論。我覺得也對，我也不喜歡被討論。然而越是隱密，越是刺激別人偷窺的欲望。要不然我們倆在一起幹嘛？拍電影的愛看電影的？我一點兒都不意外我們的生活就是這樣，充滿了別人的眼睛，別人的看法。

踢門事件不久我在華視攝影棚遇見她。她驕傲的像隻孔雀。照例，我跟她說了幾句客套話並遞上名片。「喔！是妳啊！」她仔仔細細從上把我打量到下再從下打量到上。

「沒錯是我。」我笑著跟她說：「妳那天的門踢得滿好的。」

她突然不錄了，氣沖沖地衝進化妝間大發雷霆，她的宣傳滿頭大汗的在跟製作人溝通，不時往我這兒瞧。

管她去死！就算這工作沒了我也要告訴她，要上別人的男朋友也不要這麼沒禮貌。

你罵了我一頓：你罵我神經病！怎麼會想到那兒去。我不忍心告訴你我看了所有她寫給你的信，那些怪肉麻怪有趣的稱呼令我咋舌不已。其實我已經看了所有寫給你的任何文字，只要你不在家，我就像螞蟻一樣忙碌、搜羅，任何一個陌生可疑的名字都令我發抖，甚至想像那張臉和你在床上的呻吟。我無法自拔越來越喜歡這種想像。

錄影事件隔沒幾天後，她打電話給我，口氣很好，解釋著她和你的關係；她說她剛結婚，又深愛她的老公，怎麼可能跟你有什麼呢？她的口吻就像一個在替小妹妹分析感情問題的大姊姊。我靜靜聽著她的叨絮，偶爾回答她半脅迫的問話：

「是！我相信妳們一點關係沒有。」我笑著說，心裡接口：「沒有妳幹嘛打電話給我？」

也因爲她的事你對我忽然慇勤了起來。我明知道這樣下去只有越來越多的不堪。我依舊不肯離去，繼續抱著那個自欺欺人的角色，在你給我的專有舞台上孤獨的走位、讀本。我好怕你開口告訴我：妳已經沒有機會上台了。

出乎意料的你們的緋聞上了報紙頭條，同時有兩家八卦雜誌跟上。寫得很難聽，什麼奪人妻戴綠帽之流的標題，鬧得沸沸騰騰滿城風雨。我沒看到，是朋友跟我說的。我恐怕還是最後知道的那一個。

我開始收拾我的東西，一面收，一面回想著我們交往的情形：第一次見面，你和J寶來選演員，你很嚴肅地看了我一晚上，看得我不好意思起來。

後來我問你爲什麼沒選上我？

「妳不適合那角色。」

「那我適合什麼角色？」

你坐得遠遠的，仔細地端詳我：「妳有一種美麗混合著危險與世故，有時很複雜，有時卻很天眞……」你的話還沒說完，我就已經愛上你了；演員其實也很容易愛上導演的，更何況，你用這麼美麗的句子。

離開你家時你正好進門，你看看我的大旅行袋什麼話也沒說，我想你疲倦了吧？無論是對緋聞或是對我。

「好了！就這樣吧！」我擠出笑臉：「我要去香港一陣，別太想我。」

你像第一次見我般的嚴肅。

「不是我。」我說，流下淚來。

「我知道。」你說：「我知道不是妳，沒關係，事情會過的。」

我當然沒有去香港，而是住到了你的對面，架起一隻倍數極高的望遠鏡，日日夜夜，記錄著你的起居作息和出出入入，當然還有其他。

我終於了解到，原來鏡頭，才是我們之間，全部的也是僅有的，說愛的方式。

後記：

一九八九年得到坎城影展金棕櫚獎的《性．謊言．錄影帶》（*Sex, Lies, and Videotape*）是導演 Steven Soderbergh 的作品。故事講的是一對夫婦，先生是個事業成功、生性自私的律師，太太卻壓抑日漸禁慾，而小姨子又是姊夫的外遇。就在律師昔日同學返鄉拜訪他們後，四人之間開始質變出一連串不可收拾的化學反應……

詹姆仕史派德飾那個性無能的昔日同窗，只有透過攝影機，透過偷窺這樣的形式才能有性的反應。有一天崩潰邊緣的太太／安蒂麥道威爾終於找上了她先生那個怪怪的同窗，並看到了他所拍攝的錄影帶，無數的女人在影像裡訴說著她們最私密的性事，包括她那叛逆敵意的妹妹……電影的最後，這兩個破碎不堪的人竟然重新燃起彼此的性意念，釋放了長期以來的性焦慮，感情得到新的認同，於是欲望逃出了錄影帶，尋到了真實的出口。無論是性也好、謊言也好、錄影帶或人也好，都是承載欲望的形式，不同的形式間不停地轉換，就是電影了。

雞尾酒女侍

在眾多的工作經驗裡，酒店的雞尾酒女侍算是最有趣的一個了；友人剛介紹我這份工作的時候，我正處於意外失業狀態，眼看下個月的房租和車款都成了問題，一咬牙我就接受了。沒想到幾個月之後，我竟有如魚得水的感覺。

男人、女人、音樂和美酒，異鄉的中國人，還有什麼比這份工作更好的角度去感受、去述說這個燈紅酒綠的夜世界呢？

唯一比較麻煩的是，那兩年，我差點成了職業酒鬼。

*

一晚莎兒下班之前，一個熟客東尼塞給她一百塊美金，拜託她繞道某飯店接一個小姐，東尼直說就是幫客人安排的餘「性」節目，臨時實在找不到人接送，只好找她幫忙。

「她今天才到的A城。」東尼特別強調，一臉語帶玄機地說。

莎兒的心情卻一下子沉到了谷底。

是什麼樣的故事啊？必須來到異國的第一天就上工賺錢？一定也是借錢出來的，莎兒想：就算A城又怎樣？美國又怎樣呢？什麼樣的理想和夢，大到可以讓女人出售自己的肉體呢？

不知道爲什麼她竟變得有點害怕看見那女孩。

當然，莎兒還是看見了那女孩，黑暗中瑟縮在飯店門口。

女孩聽起來是北方口音，聲音微微發抖，很客氣的，但不願意多說話的看著窗外的夜色，「可是A城的夜色一點、甚至從來都不怎麼樣，」莎兒很想告訴那女孩：「浪漫有時候可能是一場大誤會啊。」

「到了。」莎兒跟女孩點了個頭，女孩下了車，靦腆道了聲謝。

沒想到過了幾天，莎兒在杜非的店裡喝酒，女孩居然跑來應徵公關小姐，舉手投足間熟稔自在了許多，莎兒自然跟女孩點了個頭，笑了一下。

後來杜非告訴莎兒，這位小姐上班的頭三天穿的是同樣一套衣服，杜非他老婆實在看不下去了，便帶著她去好萊塢附近採買，順口問了她身上有多少錢，女孩說：「一百塊錢。」

杜非他老婆愣住了，只好再借了五百塊錢給她，勉強買了兩套套裝。女孩長得挺漂亮，二十五歲左右，瓜子臉杏仁眼，笑意盎然，看起來一點心事都沒有。

幾個月後莎兒跟朋友去A城最紅的舞廳玩耍，赫然見到這女孩在座，正熱情地朝她招手呢，打扮又高級漂亮許多，莎兒這次記住了她叫愛波。

事後聽其他的小姐講起，才知道愛波竟是這家舞廳新進的紅牌。「不過才三個月的時間！」莎兒回憶起第一天晚上忍不住咋舌，難怪愛波可以成爲紅牌，還眞是一點不浪費時間。

至於莎兒自家店裡的紅牌叫林紅，也是個北方姑娘，她可是紮紮實實花了四年的工夫，才從店裡的公關小姐爬升成老闆娘，算是個厲害又有手腕的人物。

剛開始莎兒不喜歡林紅——她嫌人家做作又土氣，穿起香奈兒從頭到腳，就怕人家以爲她沒有。不過自從在八丁家打了幾場麻將以後，兩人居然前嫌盡釋還變成不錯的朋友，有時林紅會送送二手的名牌給莎兒，莎兒也會做些紅燒肉咖哩雞回贈一下。

林紅算是個「麻雀變鳳凰」成績斐然的例子，她那個台灣男人是個瘦瘦小小的律師，長得一臉就是獐頭鼠目。不過林紅無所謂，她是有目標的，她還有個九歲的女兒留在天津，此外她也想把她媽媽接來美國同住，起碼可以照顧她女兒，雖然她知道以後這些都會變成她的擔子和責任，不過沒辦法啊！總是走一步算一步吧！想當初她也只有四百塊美金揣在身上，四年的時間換得來這一切，林紅很爲自己驕傲了。

莎兒原以爲林紅已是個精明到水火不侵的女人，直到那次看到她對律師男友發飆時的盛況，不免搖頭失笑，女人到底還是女人，吃起醋來簡直是不可理喻，再能幹的女人，妒火焚身時，也只是匹小母狼罷了。

跟這兩位大陸來的紅牌不同的是來自台灣的小薇只有十九歲，脾氣卻大的要命，她是花都舞廳最紅的小姐。美麗的小薇看來很憂鬱，粉粉的臉上小小的嘴總是不情願地嘟起，連莎兒看了都覺得她可愛的要命，哪裡有男人會認眞跟她生氣？

聽說她的男朋友 Robert 大她剛好十九歲，這個三十八歲的男人是個華青幫老大。

莎兒見過 Robert 幾次，只覺得他酷酷的，不說話，卻滿有架勢。

經常在她們這種夜店攪和的，除了些正常老百姓外、多半就是 Robert 這種兄弟咖了。

而留學A城的黑幫老大可真不少，不過有些老大是用錢堆出來的，養幾個小弟帶著出出入入，點菸哈腰的，看起來也是個老大。

那晚，一桌三個約莫五十來歲的男人，談話的氣勢跟常人不太一樣，站在桌邊伺候的莎兒耐不住好奇，聽了幾句，居然膽子大的跟人搭訕：「請問您是×聯的關公對不對？」猛然就把人家名字給叫出來了，氣氛頓時陷入緊張尷尬。

那個被叫出名字的大哥紫紅醬色臉，微笑地望著莎兒：「小姐，妳怎麼知道我是誰？」

莎兒結結巴巴：「我阿姨叫伍麗麗，她常提起你們，我聽著你們的說話和長相……啊！對不起我實在太冒失了……」她趕緊道歉，瑟瑟縮縮的。

三個人哈哈大笑。走的時候，關公抓起莎兒的手握了一下，莎兒低頭一看：一百塊美金。

那是莎兒第三天上班，帥哥老闆瞪大了眼睛看著她，一臉好奇的問號。

這同樣的情形又發生過一次，不過這次對方不是莎兒不認識的大哥，而是莎兒的老朋友——就老實說吧！其實是小時候不挺認眞的男朋友，這男人不但帥而且聰明，是外省掛有名的獨行俠，當然也是亡命天涯的浪子。被莎兒叫出他的名字，他幾乎要翻臉：「天哪！我已經好久不叫這個名字……」他笑得很不甘願地說。

幾杯酒以後，他大概告訴了莎兒這些年他「留學」過的國家，娶過的老婆，居然其中一個是邵氏武打片紅極一時的女星。說著說著，浪子突然感性起來，他告訴莎兒那一年他和他八十幾歲的老父親在香港見面，他看著他爸爸駝著背，慢慢走出海關的那一剎那，眼淚差點奪眶而出。

害得莎兒誤以爲他突然要變成好人，著實擔心了一下。

還有個叫偉恩的男人——這倒是個規規矩矩的生意人，五十出頭，每次都帶太太到店裡跳舞，當然也有不帶的時候。他很喜歡跟莎兒聊天，講很多男人的小祕密，例如他回台灣的時候去哪裡玩了，怎麼玩的，都是很粉味的那種。

一次他又回台灣一個月，回來以後容光特別煥發，走路呼呼有風。

莎兒便甜甜地笑問：「親愛的偉恩這回碰到小春天了嗎？」

那天他太太沒跟，所以莎兒講話就賤一點。

偉恩笑得更賤，口水都快掉下來了，莎兒就一直幫他加水倒菸灰缸倒酒，一邊催促他，「快說！快說！」

偉恩低聲描述他去台中一家有五百個小姐的大酒店，鶯鶯燕燕跟閱兵似的，把他們看昏了都，最後偉恩終於進入情況而且看上了一個女孩，跟人家眉來眼去半天，結果一問仔細，他看上的那個女生居然是個媽媽桑。

「好年輕的媽媽桑！才25歲。」偉恩無限懷念地說。

店裡還有一群固定的女客，年齡約在四十上下，有曾經小紅過的歌星，有錢人的小老婆，還有一個也是做過多年小姐後來嫁人做鐘點老婆，個個都風情萬種，名牌閃爍。

一禮拜她們大概會出現個兩三天，故而一下子就混熟了，不過她們不太喜歡莎兒那種小太妹的個性，莎兒也不喜歡她們那種八卦婆的嘴臉，甚至有一次幾乎擦槍走火打起架來。

其中一個叫阿娥的是個台南的女孩，喜歡穿Gianni Versace卻捨不得換掉她的金牙。那天晚上說來也是誤會一場，阿娥叫莎兒一塊宵夜，莎兒不但不肯，臉還臭臭的，於是阿娥推了莎兒一把，本是開玩笑的，誰知力氣大了點，莎兒往後踉蹌了幾步，這哪行？本能反應，莎兒跳起來就往阿娥的臉上一拳揮下去，瞬間兩人扭打起來，花拳繡腿一陣亂K，冷不防莎兒雙腳懸空起來，回頭一看——原來是警衛尚恩，一個白天上警察學校的小男生，他一邊把莎兒騰空抱起，一邊說：「No!No!No!」旁邊的人也七嘴八舌跟著勸，於是雙方不了了之，各自撤退。

尚恩是個白墨，帥帥的挺可愛，每次莎兒站在門口帶位的時候，他就喜歡沒事蹭過去丟一句：「What's up? Beautiful……」藍眼睛一瞟，迷死人了。

他也會打字機似的告訴莎兒他的理想，他的警察學校，還有他的跆拳道。

「但爲什麼沒有女朋友呢？」女人總是愛問這些，莎兒尤其愛。

金髮碧眼的尚恩笑笑不答，莎兒望著尚恩有點可惜地想：「如果說這酒店裡還有什麼值得愛的男人大概就只剩尚恩了……」

想到這裡，小DJ湯姆剛好放起〈Casablanca〉：

But a kiss is not a kiss without your sigh.

Please come back to me in Casablanca.

I love you more and more each day as time goes by……

毛毛

毛毛的男人緣特別好。每個男人都說：「毛毛好有女人味。」我左看右看就是看不懂什麼叫做女人味。不過沒關係，反正毛毛常常帶著我和小胖出去約會，我們也不介意做她的電燈泡，因爲我家毛毛有個習慣，她會一次約三個男生；在不同的時間不同的地點，比方說：兩點、兩點半和三點，三個都約在附近，半個鐘頭一到她便趕赴下一個約會，把我或小胖丟在那兒當人質，跟那個不知情的男生繼續聊下去，直到她「轉檯」回來，方才移交給她。

那一年，我們十六歲不到。

*

我是從毛毛身上學到男人這件事情。

那年夏天，毛毛才從療養院出來，仍然嚴重酗酒。

爲此她與她的母親經常發生大小不斷的爭執。

某晚她母女又大吵一架，我趕緊把她拉上車，開到一處安靜、巨大的港口，停滿了大大小小的船隻，我抽菸她喝酒，整晚，兩人一句話都沒說。

將近清晨，她突然嘻嘻笑起來：「妳以後一定要寫我。」

我突然一股氣上腦門：「寫妳什麼？寫妳怎麼樣毀滅妳自己嗎？」

但我並沒有說出口，只是不停地流淚。

她一定不知道她從小就是我的偶像。

毛毛的母親跟我媽媽是童年玩伴，所以我們算是「前娘胎」裡就認識了。

而眞正的會面也是個夏天——那是三十年前的夏天，我剛考完高中，正對著很爛的心情和滿臉青春痘生氣，毛毛平地一聲雷似的冒出來，穿著抽鬚牛仔褲，一臉的桀驁不馴，大嬉皮袋裡甚至塞了一條奄奄一息的小青蛇。

在她之前我的交友來往都算正常，所以毛毛堪稱我生命裡第一個反派角色。

毛毛的五官不算美，但她的神態間有一股自信和野豔，在當年我們這一群鴨屁股似的青澀女孩中，毛毛絕對是第一眼被看到的那個：當時我認識的每個男生包括我初戀情人在內都迷戀她到不行，哪管她不爽起來用頭撞牆，或者一個下午趕三個約會這種烏龍鳥事，總之對付男人或簡稱爲愛情的這件事，毛毛就是有她獨家祕方好幾套。

在我們十八歲的時候，毛毛愛上了一個大她二十二歲的男人，男人是個娛樂業的大亨，在當時這可是件驚天動地的大事，我媽媽甚至禁止我們再見面，不過我沒理她就是。

也因爲娛樂大亨的關係，毛毛進了所謂的演藝圈，參與了當年幾個紅極一時的節目，她仍是大亨的情人——許多中的一個，這對她有沒有什麼影響我不知道，但我是不太自然，乃因大亨的另一個情人也是我和毛毛的好友，他們三個人同時公開交往著。面對面的時候，她們倆的臉上倒是完全看不出情敵的跡象，大亨更是泰然自若了，大概也只有我這個局外人，老是自我搞著尷尬。

除了大亨之外，毛毛其他的愛情事業也一直轟轟烈烈沒停過，好不容易她父母把她哄到了美國，結果她又愛上了一個猶太男人，還是大她二十二歲，不過這回是個好萊塢的娛樂大亨。第一次我去到猶太大亨位於比佛利山莊的家，一進門就給嚇了一大跳：大門玄關口，有一張他站著、伊麗莎白泰勒坐著的油畫，眞人的尺寸，兩人都滿年輕的，都還有腰身。我好奇地詢問猶太大亨關於畫像後面的故事，猶太大亨這一下從門口的畫像說到他牆上的達利素描眞跡，說得我目瞪口呆有如鴨子聽雷，直盯著牆上的達利眞跡吞口水，恨不得當場把它複印在腦子裡帶回家慢慢欣賞。飯後，主人招待我去後院游泳、桑拿、喝紅酒、曬月光。「隨便愛幹嘛幹嘛！」猶太大亨這麼微笑地說。

於是我順著日本庭園式的小橋上到後山——他的後院就是一座山，走了一下，居然出其不意看到了大半個好萊塢，黑夜裡燈海像火海一樣焚燒，哇！我好震動！當下覺得能有錢到那樣，人生還眞是爽翻了！油然生出一輩子沒有過的羨慕，羨慕毛毛得到這個比佛利的猶太大亨。

但其實我很想問毛毛，「毛毛，妳眞的得到了妳所想要的嗎？」

我們一直只看到毛毛野心勃勃明朗動人的那面，那樣活力充沛的人怎麼可能搞砸自己的人生？是故她突如其來的崩潰，令我們所有的人措手不及。

我也從來沒有問過毛毛那幾年她不說話待療養院的事，我知道她想告訴我的時候她自然會告訴我。而且，我一點不覺得她瘋了或有精神方面的疾病，她只是，暫時不想跟我們聯絡。

發病以後毛毛先被送回台北，新店的外公家。

我和小胖馬上去看她，我們三人是最老最老的朋友了，好到比親姊妹還親。

我開車先去接小胖，再去接毛毛。毛毛的船長爸爸特別趕回來陪她，憂心忡忡地看著呆滯的女兒，叮嚀了我們一些事情。小胖一直躲在我背後偷偷擦眼淚，我也極力忍著，我們的毛毛呢？

我們直接上了外雙溪，當年毛毛住在中央社區，山上有太多美好的回憶：我們痛苦的初戀，可笑的自殘，半夜裡不睡覺裝鬼嚇人，也許一開始我們就是瘋的。

一路上我彷彿有點不滿，瘋的應該是我，而不是她，怎麼會是她呢？她已經有兩個多月沒有開口說話了，怔怔看著遠方，黑夜裡毛毛灰暗朦朧的眼睛，像極了她當年嬉皮袋裡的小青蛇。

十六歲時我第一個想寫的故事就是毛毛：那年我作了一個遊樂場加印度神廟的夢，她就是夢中英勇美麗的女俠藍玫瑰，寫不滿三張稿紙就揉掉扔了，不過我仍記得不少文藝腔的形容：眉宇間冷若冰霜，雙眼飛吊入鬢，好像在寫吊死鬼一樣，難怪寫不下去。

那時候我剛認識我的初戀男友，只敢牽小手而已，猶在享受那臉紅心跳的喜悅說，有一次毛毛問我有沒有那個？我好生氣！「哪有？」我說：「連初吻都沒有過。」

她笑嘻嘻地看著我，突然抓住了我就吻我的嘴，很認眞好心地要教我，氣得我一個禮拜不肯跟她說話。

然而在彼此的生命中，我們卻互相扮演最重要的角色，無論在成功、歡樂、美麗的事情上，或在人生低迷黑暗的山谷中，我們都會讓對方知道：放心，我會永遠的 co-star。

自療養院出來後，毛毛試著離開她的猶太男人，這點我一直不太明白。因爲大亨眞的滿愛她，只是不能跟她結婚而已。

「毛毛妳要的是結婚嗎？」我不止一次地問她。

她從來沒有回答我。

幾年後我回了台灣，意外聽人說起她與她第一任先生認識不到幾天就結婚了，但是我一點不意外。雖然對於一個從小拿頭撞牆的女人我總有更樂觀的想像。

在我還沒來得及認識她第一任老公之前他們就離了，一年多吧！前因後果不詳，但既然已經過去就不說了！馬上第二任老公又給了我們親愛的毛毛女俠生命的新課程：媽媽。

毛毛突然又變回了女強人，一天打三個工，無微不至地照顧著她的老公與繼女，就像她的雙魚母性突然覺醒：犧牲奉獻到大家都看不下去了，因爲旁邊的人都看得清清楚楚，那天上掉下來的父女倆其實是扮豬吃老虎，不過提供一個婚姻的機會，和女孩甜甜的一聲「媽」，毛毛便無怨無悔地做牛做馬，甚至因爲不願面對眞相而跟家人時有不快。毛媽媽隔海問我這個 co-star，怎麼辦？

大選前毛毛回來替外公過生日，和小胖來我家待了一下午，我在捷運站等她們倆時眞是波濤洶湧往事如浪啊！一看到她們走出捷運站，我們便互相指著對方笑彎了腰：我們依舊是三十年前的那個樣兒，小胖還是從頭到腳的粉紅色，我依然是睡眼惺忪穿著又破又髒的牛仔褲，而毛毛仍然很流氓的，走在大街上就叼根菸。

好久不見的老朋友是特別下酒的，當毛毛講到她的繼女時，當年那個女俠的樣子忽然出現了：「幹！」毛毛說，（我還以爲她變成天主教徒以後就不說髒話的）「幹！」毛毛繼續說，（我則是爽翻了，趕快再幫她開一瓶啤酒）「一米七幾的個兒一百七十磅的36F，明明是個打籃球的料跟我說媽我要去當模特兒，這不是爲難我這個娘嗎？起碼先努力減個肥吧！我能買個模特兒給她當嗎？」毛毛喝了一大口啤酒，突然爆出這句話，把我和小胖都嚇了一跳。

「毛毛不是我誇妳，」我趕緊安慰她：「那麼大個兒衝著我叫娘我還眞有點害怕呢！」

小胖一邊揉著腰呵呵地笑，一邊打我：「小寶貝講話還是那麼可愛，小寶貝拿個去光水給我好不好？」原來她想卸她的指甲油。小胖是那種從小到大就美美的、嬌滴滴的女生，喜歡叫老朋友小寶貝。不過只要我回叫她小白兔小花籃小珍珠小麻雀小皮球，就可以讓她笑上五分鐘。

趁著毛毛上廁所，小胖跟我說：「妳勸勸毛毛吧！大家都不敢跟她講，怕她再受到刺激。」

當然我點頭不迭，事實上那幾天我也一直在想著該怎麼說。

花了一天，我好好地把這些年來我所知道毛毛的戀愛和男人，再加上自己的戀愛和男人——做對照組，把他們烤雞屁股似的串了一串，（請相信我那可眞是一大串，無論她的還是我的）仔細地放在我們的人生相簿裡，看看他們究竟是什麼樣的意義。

除了愛這個字，我和毛毛這忽忽已逝的三十年裡，我們爲自己做了些什麼呢？殘酷地說我和她都只是愛上男人的女人而已。或多或少，我們爲愛情絆住了自己，就世俗的認定，我們可以更成功、更有錢或更有成就更幸福，如果我們不是只想著談戀愛，我們一定可以做出更多好玩而正面的事情，但愛情讓我們有墮落的藉口。因爲墮落在愛情裡，彷彿是女人理所當然的宿命。

在機場毛毛打了個電話給我：「要走了！Take care!」她說：「我們都要加油。」

「毛毛妳也要加油。」扯了些其他，我忽然說：「毛！這話也只有我能說了，咱們這上半生，還眞是叫男人給耽誤了。」

她不說話了。

「毛毛，」我繼續說：「不能再爲一個愛字無怨無悔啊！我們現在的愛再也不比十六歲，沒有回頭的機會了，毛毛——」

毛毛一直沉默著。

我又說了其他的事，掛電話前我甚至使出哀兵之計：「毛毛，我們再也沒有時間自責了，對不？」我說：「如果我們不先學著想到自己愛自己，怎麼會有好男人來愛我們？而且，」我頓一下，慢呑呑地說：「這個好男人還要是個對的男人。」

顯然我詛咒了自己：不到兩個月，我就跟我的男朋友分手了。

夢隨筆

以神祕學的觀點來看，夢的控制與禪定觀想等修持法門有著異曲同工之妙；
若以心理學的語言來說，夢是人類潛意識的投射，
因此對於夢的控制，其意涵也就是達成理性與潛意識的統合。

生日快樂

生日那天早上我們同時醒來，陽光像粒粒珍珠快樂地滾在臉上，
我們決定放自己一天假；沒有工作，沒有男朋友，只有我們自己：妳和我。

大師

心裡那份空虛頓時被燒了個洞似的，開始無限擴大、擴大。
剎那間所有的一切，以一種極緩慢然而甜蜜的速度掉進了這個洞裡……

夢隨筆

很小的時候，一次夢見學校正舉行運動會而我參加拔河比賽，拔得滿頭大汗，突然眼睛一張、醒了過來。原來我父親正笑瞇瞇地坐在我的床邊，把我的被角壓得緊緊的——因爲我正死命地踢著被子呢。

這是我所記得的、最早最清晰，也最有趣的夢了。

*

筆1

在我有限的閱讀裡，有一系列叫「唐望的故事」（注），對夢有很多深層、神祕、美麗的解釋；這其實是我人生中最感興趣最著迷之事了，因此我便照著書中的方式去練，練一種所謂的清明夢境（Lucid Dream）。

清明夢境用一句話來說完就是：夢中的你知道自己正在作夢，而且，有能力可以改變它。

前一半我相信大家都有過，在於強度的差別而已。下一步就比較不簡單了；我曾有過一次清明夢境的經驗——就在我幾乎放棄、好一陣子不練了以後，嘿嘿！它突然就來了。簡單地說，當時我正在一個危急的情況裡，面對著一些凶靈惡煞，夢裡的我突然一道變的意念快如閃電，說時遲那時快，夢境居然馬上「唰」地一聲，就變了，害我高興地笑出聲來，當場吵醒了自己。

對我而言，夢很難用文字捕捉，因爲夢裡的意識是流動的，逸出了時間的線性結構。夢中那個「我」無法一件一件事的感知，而是以一種更大的心靈方式，又好比說心電感應這種方式，存在著彼此的聯繫。

那意謂著夢裡並沒有「時」「空」這兩件事，人可以一下子變大又一下子變好小，一下子在這兒一下子又在那兒，甚至可以在一個不太像自己的身體裡，然而卻充分感覺到自我意識的存在——光是這些觀念就令我著迷透了；爲什麼？爲什麼？

有時現實生活某個特殊的場景，或說當下的那個狀況，我會不由得一怔，說：咦！這個好熟！我好像夢過。

那麼夢與現實生活之間，有什麼樣的滲漏？夢中的我跟醒來的我到底各以什麼樣的方式存在？又有什麼關聯怎麼聯繫彼此呢？

夢a

眼前晃過一片黑白剪影的景象，一大片明晃晃的窗戶前，兩個人，一個高一個矮，側著頭正悄悄說話，說著說著，變成一個人。我並沒有睡著。不太相信剛才眼前的景象，睜開眼，再閉上眼，還是那個景象，兩個人變成一個人。

我還是不信，再睜開眼，再閉上，依舊是那個景象：背後的大窗戶彷彿刻意地，閃著浮動的光，如此反覆四五次，我放棄了，忽地一下就沉進夢裡去了。馬上我就回到了武漢，和我已逝的父親住一塊，而我的母親要改嫁了，任憑我百般哭鬧抗議都沒有用。反倒是父親勸我，他說：「帶妳出去聽索忍尼辛演講吧！」

牽了腳踏車就要出門。

我大驚：「爸爸什麼時候會騎車啊？小心別摔著……」

跳。

我父笑曰：「是摔了好幾跤。」

結果還是打了個D，計程表上閃著紅色的7.6，我心裡迅速地換算，三十台幣起

有一句沒一句的跟司機閒聊，忽地就到了長江邊黃陂路上我五叔在武漢的老家，忽然大水就嘩啦啦湧了上來，我拉著父親拚命逃命，邊逃邊哭，邊埋怨我的母親：「都是她啦！這一下我的小說永遠寫不成……」

我父親臉一板：「老是責怪別人，妳母親多麼辛苦妳知道嗎？」

不知怎麼水就退了。

而我怔怔地望著父親，半是慚愧半是認錯，驀地嚎啕大哭起來，正哭得上氣不接下氣，下一刻，我就睜開眼睛，醒來了。

筆2

朋友毛毛從認識我的那年——也就是三十年前開始，每年都會送我一本筆記本，我還記得第一本是金色的，第二本是銀色的，都很精緻。等她去了美國以後，送我的筆記本就更有趣了：有水鳥生態的，印地安人系列的，還有小熊維尼的……

其中有好幾年她都送我一個漫畫家叫 Gary Larson 的桌曆，非常雋永反諷的單格漫畫，所以那幾年我的夢幾乎都記在 Gary Larson 的桌曆上：有些只有簡單的幾句話、一些名字或地方，毫無敘述以及再想起來的可能。有的句子卻是一看、往事便雲湧心頭。

也有些夢根本不需要拿筆記的，它隨時都在心靈的抽屜裡。

就忽地想起一個劇場的老朋友嫻，她曾經告訴我的一個夢是這樣的：

夢 b

嫻去到一個陌生的地方看戲，然而老是找不到正確的地址，急得她滿頭大汗。好不容易讓她找到了，而演出已經開始了：是一個年輕的女孩坐在舞台上獨白，觀眾圍著她安靜地坐在四周，台上的女孩正在流淚，叨叨絮絮彷彿懺悔似的，也不知爲什麼，嫻不由自主地接近舞台，慢慢地接近、接近，等她走到女孩面前，剎那間嫻呆住了——

台上的女孩竟是十六歲的她，嫻無法克制地，喃喃地說：「我知道……我知道……沒有關係……」兩人便緊緊地擁抱在一起。

筆3

隨手翻到唐望系列「寂靜的知識」59頁——〈力量的叩門〉中寫道：作夢是巫士的噴射機——以夢做爲一種超越心靈的手段，許多原始神祕文化，如澳洲大陸的原住民、北極愛斯基摩人，及美洲殘存的印第安人，都把夢當成打破現實，進入超現實的途徑。

以神祕學的觀點來看，夢的控制與禪定觀想等修持法門有著異曲同工之妙；若以心理學的語言來說，夢是人類潛意識的投射，因此對於夢的控制，其意涵也就是達成理性與潛意識的統合。根據唐望的觀念，唯有先在清醒的日常生活中達到某種程度的心靈平衡，沒有壓抑或內在的衝突，控制夢才成爲可能。

關於我那些夢的記錄，有時的確提供了一些有趣又不可思議的表演，例如夢境中的線索總會在生活裡靈光乍現地出現，名字也好、數字也好，或者只是一種單純的情境，甚或是「似曾相識」這件事。

夢c

一個Shopping地下街，賣的全是很年輕的日本船來品。逛著逛著，我碰到一個打扮時髦的小男生很和氣地對我說：「姊，妳那條褲子是名牌喔！」

我挺不好意思，因爲那條褲子其實是假名牌，於是我就跟著小男生去參觀他的店。哇！他的店好特別，全是紫色的；深深淺淺粉粉豔豔的紫，充滿了各種新奇玩意兒，好多的性玩具，螢光紫的充氣娃娃、做成棒棒糖似的電動按摩棒……看得我瞠目結舌，這時候小男生又說：「姊，給妳看一個最炫的——」說著就出來了另一個與他相仿的男孩，兩人開始舌吻，不斷地以各種奇怪的姿勢在我面前接吻，糾纏在一起甚至嵌進對方的身體裡。

我大喊：「行了！行了！我不看了！」不知道爲什麼突然感到尷尬。男孩們遞了張信用卡似的名片給我，並說：「姊，記得有空要來找我們玩喔！」

我慌張地逃出他們的店，因爲跑得太急，竟然就飛了起來，飛呀飛的就飛到了童年的家，降在二樓的窗台上，忽聽媽媽在樓下喊我：「房子要拆了，還不幫忙收拾一下。」我突然變成九歲的我，非常雀躍地想：「終於可以打開媽媽那只大衣櫃了——」念頭才過，衣櫃便自動打開了。哇啊！好多鮮艷的絲巾都飛了出來，一條一條飄拂過我的臉上，我也跟著又飛了起來，每條絲巾飄舞在我的身邊，上下左右，跟著我，緩緩上升，滿天的彩色絲巾飄舞，我們像彩帶一樣地飄著、飄著。

筆4

有些人在作夢時會突然醒覺到自己正在作夢，當知道自己在作夢時，便可以控制自己的夢境。這便是一開始我講的清明夢境。在清明夢境中，可以自由地控制自己的行動，也可以任意控制夢境的內容，甚至夢中的其他人也完全受你來控制，你就像整個夢的導演。

也有人說，清明夢境其實是僞裝的出體現象。由於一般人不相信自己可以離開自己的肉體而活動，所以心理上把自己的出體經驗僞裝成一個夢，當中的背景、人物、事件都像夢境般不眞實，而作清明夢境的人比起眞正的靈魂出體會較爲迷糊。

至於一直否定靈魂出竅的人士則是駁斥：所有的出體經驗均是夢，離開肉體活動則全是夢中的錯覺或幻覺。

我比較傾向的那種溫和的說法是：夢、清明夢境和靈魂出體都是意識狀態。三者的分別是聚焦深淺不同。焦點越深，經驗便越清晰，也愈可以在醒來時清楚記得自己的經驗。

有不少朋友都曾有過出體現象，我自己也有過：最迷人的一次劇烈出體，竟如老鷹般揮翅飛翔，俯視著地面的村舍、山谷、河流，所有的景致在腳下飛快地過。那次的飛翔經驗眞是驚心動魄，但我的意識一直很清楚，到現在閉上眼睛那些景致依然歷歷如繪。更有趣的是後來，當第二天我去讀書會，一位朋友剛從歐洲回來，給了我們一人一張美麗的風景明信片，而我的那張，上面的景色，赫然是昨夜夢中飛翔時所見到的景物，也是俯角。

夢d

忽然電話緊急地響起，我接起，電話裡他咆哮道：「都半夜三點了，妳還不想回家？」

我又氣又慌地掛了他的電話，仔細看清楚才意識到自己竟被困在一個不知名的大樓陽台上，四周一片黑茫茫，我拚命地想也想不起來我到底住哪兒，慌忙中我怕電話再度響起便毫不考慮地丟掉它——場景忽而又變了。

昏黃迷濛的巷口一男一女依依不捨在話別，身後有一排摩托車，我的就在其中。

我看著他們著急地想：「快說快說！說完了，我要騎摩托車回家……」

可是他們老說不完，終於我等得不耐煩極了，於是我著急地大叫：「快點說完吧！我要走了……」殊不知兩人同時轉頭看我，並異口同聲道：「不許走！妳要跟我們一起走。」我吃驚地望著那一男一女；他們竟是我父母年輕的模樣……

注：

本文許多夢的觀念及引伸均出自唐望書系列《作夢的藝術》（*The Art of Dreaming*）和《寂靜的知識》（*The Power of Silence*），由 Carlos Castaneda 所著，魯宓翻譯。

生日快樂

多年前的夏天，我是某劇場的新生，和其他十幾位同學一起去到阿里山鄉的達邦村，接受了爲期十天的山訓。我們學習用身體修行、粗茶淡飯、噤語，每天起碼要走六個小時的山路，做六個小時的體能訓練，翻滾倒立什麼都來。

在路上我總是最後一個。

上山的第五天是我25歲的生日，前一晚就寢前阿蹦抓到一條蛇，大家騷動了一下，隨即老師出現，簡單地告知我們：明天早上六點鐘，要在山的那一頭隨著日出做motion，請大家自行上路。我心裡暗暗叫苦：山的那一頭可是要再翻過兩個山頭呢！我眞怕自己又是最後的那一個。好吧！我牙一咬，告訴自己，我就是那隻烏龜可不可以？雖然爬得慢但我慢慢地爬、提早一點爬可不可以？於是我四點鐘就起床，安靜地、摸著黑往目的地走。巨大的黑暗中，隱隱的山林令我全身的毛孔立正不敢亂動，一會兒擔心路上會不會鑽出啥不明的生物，一會兒又想辨別穿梭交織在山林間、各種千奇百怪的低語，森林的呼吸淹沒了我的思緒，四周的濕氣緩緩像霧一樣移動，對面山頭上蒸騰的雲霞，正露出斑斕的色彩，深紫色的天際在剎那間就化開了，轉成灰藍、而後銀白，太陽骨碌碌地跳上了山巔，頃刻間天就亮了。我被眼前的景色牢牢地吸住，不但忘了自己，也忘了要去山頭集合的這件事。

我是第一個到的，所有後來到的人包括兩位老師，看到我，不約而同都露出一絲心照不宣的微笑，但最開心的還是我自己——這眞是這輩子我給過自己最棒的生日禮物了。

＊

生日那天早上我們同時醒來，陽光像粒粒珍珠快樂地滾在臉上，我們決定放自己一天假；沒有工作，沒有男朋友，只有我們自己：妳和我。

我做了一頓豐盛的早餐，三明治、洋蔥蛋、萵苣沙拉和一大盤柳丁蓮霧和芒果。

妳在一旁笑著說：「倒像是前年我們去普吉島渡假的那一頓早餐。」

我們都同意，生日的當天，我們一定要善待自己：沒有工作，沒有男朋友，只有我們自己，妳和我。

「去哪兒呢？」吃完早餐後我問妳。

「回媽媽家好了，」妳說：「吳興街的那個。」

「早就拆掉了吧？」

「別忘了我們有一條隧道。」妳笑著說。

「對喔！我差點忘了我們有一條隧道。」我竟然感動地漲紅了臉。

我們決定聽聽門鈴的聲音。雖然害怕萬一眞的有人出來應門，或者出來應門的是自己——

哇！那就有點小恐怖但也還滿好玩的。我們都同意試試看。

老門鈴「叮噹」「叮噹」迴音似的響著，沒有人出來答應。鐵門下的郵件堆疊，像是有一陣子沒人在家、或者是出了趟遠門。妳抱起那堆郵件，津津有味地讀起來，是一些帳單，大部分是父親的名字。

「還能爬牆嗎？」我說：「來比賽吧。」

妳瞪我一眼：「妳以爲妳很瘦嗎？」

院子裡那棵玉蘭花還是很年輕的時代，不及我們的肩膀高，大概是我們十歲左右吧！

「妳看！」我興奮地拉著妳看那片水稻田，田裡的蚱蜢、螳螂、青蛙、蝌蚪、大肚魚，不斷跳來跳去好像綜藝歌舞秀似的。

「我好懷念那時候的淹水。」我說。

「我更懷念颱風後的那條水蛇，」我又說：「那是我第一次面對自己的恐懼。」

「是的，」妳笑我：「但從此以後妳並沒有比較不怕蛇。」

「至少我可以去華西街喝蛇湯。」我強調：「前後一共喝了十二碗。」

「那是因爲妳的青春痘一直不肯好。」妳笑著說。

我們坐在圍牆上唱那些布袋戲的主題曲：順我生逆我亡，無情的太陽可恨的沙漠……配上隔壁楊媽媽家嘩啦嘩啦的麻將聲，她今晚的手氣可眞好，自摸到她對家的馬伯伯臉更長了。

「記不記得國中隔壁班有個剛從師大畢業的英文老師叫倪守松？」

「記得。」我說：「他們班大都是成功新村、正義東村的小太妹。」

「對啊！」妳說：「還記不記得去她們眷村看電影的事？」

我們倆呵呵的，對望傻笑；因爲我們都想到了正義東村那個壞又帥叫阿五的男生。

「那些女孩好會吃倪守松豆腐。」我忍不住大聲唱起來：「倪守松（Me Sol Sol）倪守松（Me Sol Sol）晚上不回家……」

走出巷口時，迎面來了個老先生，我隨口問道：「請問15號的林太太搬走了嗎？」

老先生先是說不知道，再問：「妳是她什麼人？」

「親戚囉。」我說。

老先生打量了我半天，還是搖搖頭說道：「不知道，不過，」老先生頓了下：「妳可以去問問巷口養狗的那家，也是個老太婆。」

這家連電鈴都壞了，揿了半天一點兒動靜都沒有。只有屋裡的老狗勉強悶哼幾聲，聊勝於無吧。我拿出筆記本撕下一頁，寫上「林媽媽」三個字，寫完後我簽了個名，疊得四四方方，塞進信箱裡。

「這樣好玩嗎？」妳看著我笑。妳也知道我很容易便覺得無聊。

「生日總是要做些瘋狂的事對不對？」妳又問我。

「妳有什麼好建議嗎？」我斜睨著妳。

「當然有。」妳笑著說：「我怎麼捨得放過妳。」

「小姐一個人嗎？」今晚請我喝第一杯酒的男人笑著問：「妳看起來挺眼熟。」

我笑笑，回答他1/3的問題，不是很專心的。

我們都在等下一個人。

回家都將近夜裡三點了，我們自計程車上下來，臉紅通通的，十分愉快。今晚創了我們的紀錄：喝了四杯 Kamikaze，卻還沒醉。等我走近才看到男朋友等在樓梯間，一地的菸蒂一臉的不悅。我們突然有股說不出的煩躁，很想吐，於是一言不發地大步往樓上走。

男友亦步亦趨。

我前腳才踏進門檻內妳反手就把門「哐噹」一聲給帶上，跟在後頭的男友冷不防吃了個閉門羹。愣了幾秒才回過神來，其實他聰明的很，已經知道自己搞砸了、演錯了，演成二十幾歲的那一套，可能十年前還有點用吧，他知道妳不是好惹的便換了張笑臉輕聲細語道：「怎麼啦？不讓我進去啊？」

等了好一會兒，妳才裂了條門縫露出眼睛對他說：「幹嘛？」是沒有讓他進去的意思。

「不讓我進去啊？」男友涎著笑問道。

「不想，」妳說：「再見。」

男友沉默了一會兒：「找了妳一天，手機也沒人接，我是擔心妳啊！」

「是嗎？」妳望著他：「那謝謝了。」

男友以一種極慢的速度把門推開，拉起妳的手，放在他的腰上，小心翼翼捧起妳的臉，就要吻下去，妳卻冷地一把推開他並說道：「拜託你回去啦！我沒心情。」

當妳說妳沒心情的時候我絕對相信妳是眞的沒心情；妳的口氣冰涼，好像剛從冰箱裡拿出來要解凍。妳的眼光也是冰冰涼涼的，可疑的涼——

男友突如其來地質問妳：「妳剛跟人做過對不對？」充滿嫉妒、猜疑的聲音。

嘰嘰喳喳的夜色突然安靜了下來，像顆藍莓果凍似的顫危危。妳面無表情地看著男友：

「晚安吧！」帶點惋惜的口吻。

男友離開以後，我們如釋重負地躺在床上，腦袋裡的 Kamikaze 嗡嗡地轉，上下俯衝。還好他沒有繼續ㄌㄨˋ下去，喝了酒以後實在不適合吵架、分手，這類的事情。

不久之後，窗台下似乎有走動的聲音。我揉揉眼睛坐起，夢遊似的接了桶水就往窗外連水桶一併扔了下去，只聽到「哎唷」一聲，再啞唧一陣，緊跟著一陣混亂，旋即靜悄無聲了。

我睡得很好，雖然中午才起床耽誤了上班，老闆有點不高興。但我一開電腦就收到好幾封生日快樂的賀卡，心情跟著好了起來，而且居然還有一封來歷不明的 e-mail 署名林媽媽，害我整個下午只想打開它，卻又怕它夾帶了什麼新病毒。

大師

曾借助催眠，彷彿看到過自己的前世，那大的意識是處於一種灰茫茫的狀態裡，朦朧中似乎聽到水聲、見到石橋，也許在江南那一帶，所有的畫面均像底片般黑影晃動，好像在電影《海上花》的燈光裡。老實說我並不確定是眞的看到還是被催眠師的暗示所帶領。總之我「看見」自己在逃難時被盜匪殺死，那一刀落在右肩上。而我的右肩確實有一塊烏青，時深時淺，有時好幾年不見，但在我父親辭世前後，右肩上那塊印記就特別明顯，也特別的痛，嚴重的時候連寫字都抬不起手來。

唯一令我比較信服的是，催眠之前，催眠師要我看牆上的一幅風景畫：嫋嫋的雲霧聚在山頭上，是一幅很平常的畫，我並沒有在意。做完催眠之後，催眠師再要我看牆上那幅畫，說也奇怪，盤繞在山頭的那些雲霧好像散盡了，我可以看到更細節更豐富的景色，彷彿走進山裡去似的清楚。據催眠師說那是因爲意識層次被打開、被拓展之故。

*

上個禮拜天，在讀書會的春遊中，我遇見了好幾年不見的黃醫師，他是個年輕熱情的精神科醫師，是十年前我參加這個讀書會時認識的，我們一直停留在微笑與擁抱的善意中。

我們這個讀書會除了讀些靈修的書籍，亦有些冥想、催眠、經絡按摩、完形戲劇等修習課程，幾年下來的確幫助了不少朋友；紓解壓力，調節病情，甚而重建自信，是一個挺正面的心靈治療團體。讀書會也造就了不少人材：催眠大師、解夢王子、身心靈整合大師，尤其黃醫師更是大師中的代表，演講，諮詢出書，聚焦了所有的光環。

春遊的早上八點鐘，大夥兒先行在小油坑集合，有來自美加和外縣市的朋友約莫五十人左右；有的人是好久不見、有的人是第一次見面，集合現場自是一片興奮洋溢。

遠遠的黃醫師朝我走來，他看起來累斃了，雙眼泛著血絲，臉上有些浮腫。我們開心地擁抱了一會兒，然後黃醫師放開我，打量我，忽然開口說道：「嗨！妳看起來糟糕透了。」充滿了權威的口氣，眼中亦有抹奇怪的笑意。

「喔！是嗎？」我笑著說：「我老得那麼快嗎？」

「妳抽很多菸喔？」黃醫師質問我，彷彿我是個肺癌末期患者。

「Sorry!」我笑嘻嘻地說：「我已經很久不抽菸了，而且一大早跑到海拔800公尺的山頂，你要我畫眼線塗唇膏嗎？黃醫師你怎麼了？」我碰碰他的肩膀：「起床氣齁？」

到目前為止，我都以為黃醫師是開玩笑的。

誰知道黃醫師竟然用一種判決的口吻，堅定地說：「我看妳這輩子，就屬現在最糟了。」

我被嚇了好一大跳，瞬間信心被重創了一下，然而我很清楚——無論是什麼大師或精神科醫師，都無權用這種強迫式的定義，概括我的心情或生命狀態，這一點，我從不懷疑。於是我大聲地問道：「黃醫師，你這話出自你專業的判斷嗎？為什麼我感覺不到你的善意呢？」我儘量讓自己每一句話都從丹田裡彈出來：「我可以很肯定地告訴你，黃醫師，現在是我這輩子最好的時刻，我想，你可能把你自己的狀況投射在我身上了。」頓了頓我又說：「黃醫師，畢竟你是專業人士，往往一句話就會決定別人的心情甚至決定別人的命運，我真的希望你說話要小心謹慎一點。」

黃醫師有點尷尬地看著我，半晌，他才打著哈哈說：「是嗎？妳不是在演戲吧？」

我回復到笑嘻嘻的臉色：「黃醫師，我哪有那個時間和力氣一大早爬上山來演戲給你看？你最近有什麼壓力是不是？女朋友跑了嗎？」我眨眨眼，企圖用玩笑挽回黃醫師凡夫俗子的自尊心，誰曉得黃醫師不懂得我的幽默，卻像隻負傷的青蛙，一跳一跳地走開了。

黃醫師這幾句話並沒有打擊到我的信心，我也知道那些大師或精神科醫師的「名號」確實唬人——特別是當人沒什麼自信的時候，這跟 NewAge ——新時代的精神，其實是相違背的。可能是他太疲倦了吧。我這麼替他想。

午飯的時候我又遇見了黃醫師，身邊還坐了催眠大師和他美麗典雅的妻子。再看到我，黃醫師不知怎麼地有些靦腆，說了幾句話便起身離席了。

而催眠大師，當年只是個大二的小男生，如今也是頗具架勢的大師了。由於我們兩人算是舊識，也算相談甚歡，而同桌還有其他的人，我便客串起主持人來，引他打開話匣。果然催眠大師略帶神祕的口氣說起，這些年來他一千多個催眠案例中，一些較爲奇特而超能力的事蹟。同桌的陌生人，全都津津有味地聽著；嘴半開著，茶漸漸涼了。催眠大師的談話中充滿了大我啦、內我啦、靈魂伴侶、理性體、意識心、能量、信念改變這類靈修名詞，有兩個顯然是靈修界新生的朋友聽得是滿眼崇拜，一臉想問又問不出來的表情，另外那個挺像牡羊座勇於表達自己的女生終於問了一個實際的問題：「催眠對我們日常的生活有什麼實際功能？」

大師回答：「可以釋放你的負面信念，與你的意識心、大我做直接的連結，改變了信念，引導能量正面運作，就可以改善生命裡的困境。」

勇於表達自己的女生又問：「一定會回到前世嗎？」

旁邊的男生插嘴道：「可以看到來生嗎？每個人都看得到來生嗎？」

明星般的催眠大師露出專業的笑容，開始有條不紊地回答。

不知怎麼地我有點不想聽下去，便起身，去逛後山的鳥園，看金剛鸚鵡去了。

我也知道那是自己一直以來的問題。也許我不喜歡靈修變成一種身分和權威，彷彿已洞悉了靈魂的祕密，不是的，不是的，我完全不是的，我仍樂於犯錯與墮落，樂於抗拒與懷疑。

十年前，我的靈修閱讀開始於D城的一個男人叫理察，理察是夜店裡的客人而我是個雞尾酒女侍，每天穿著迷你裙，跟人打情罵俏，過著紙醉金迷的日子。而理察永遠是安靜地坐在吧檯邊，喝著他的萊姆可樂，一副好好先生模樣。

我根本沒想過會跟他說話。

直到那晚他霍地遞了一本書給我，並說：「我想妳會需要這本書。」

我很尷尬地收下了，心裡還有點不服氣：「你怎麼會知道我喜歡看什麼書？你根本不認識我。」在那種聲色犬馬的氣氛裡公然拿本書給我，我心想：你不如給我一張傑克遜總統我還高興點呢！而那書名——《靈魂永生》？天哪！我還是趕緊收起來吧，免得周圍的人看到，可眞是要笑壞了。

然而不得不承認的是，其時的我的確需要一些心靈層次的閱讀和指引，我的生活中彷彿就有那麼條線，過了它，恐怕就再難回頭了。

生吞活剝，我看完了那本《靈魂永生》。心裡那份空虛頓時被燒了個洞似的，開始無限擴大、擴大。刹那間所有的一切，以一種極緩慢然而甜蜜的速度掉進了這個洞裡，在反覆地閱讀的同時，我的逃避和悔恨也慢慢現身了，昔日的影像漸漸地回到了我的現實生活裡，我熱烈地希望再見到理察，因爲我需要更多的心靈閱讀來解釋來看清自己深陷的困境。

這也是之所以，我現在在這七星山上的緣故。

我必須承認說這個故事令我有種感情上的矛盾。因爲我無法這麼簡單的就將我的疑惑、我的相信就交給某個人、某本書，或某個思想。我知道我需要的不僅僅只是一個答案，而是繼續，追問的權利。

當我逛完鳥園回來，桌上是催眠師美麗典雅的太太正在述說著自己的前世：她是明朝一個青樓女子，多才多藝敢愛敢恨，平日裡一個相好的客人要贖她的身，妓院不肯，她便偷偷跑去幽會這個客人，結果幾個月以後，這個客人不見了，她的肚子也大了，私情敗露後，她被妓院的龜公鴇兒活活埋在土裡，窒息而死。

「是他，幫助我看到這一切的。」說完，美麗典雅的夫人朝著她的老公嫣然一笑。

桌上所有的人都瞪大了眼睛看著這跨越時空的女主角，不知該以什麼表情替這個愛情故事作結才好，我也看著美麗的催眠師夫人，儘量露出誠懇的眼神，不小心餘光卻瞄到一邊的催眠師嘴角，有一抹讚許的、欣賞的、得意的笑紋，正慢慢的蕩漾開來。

vendredi 21 octobre '05.

小公主

特別在大潮的夜裡，光影靜止的瞬間，啊那一條線，霓虹燈束般自海面昇起，
霎時間魚群嘩然迸出，此起彼落，
粼粼月光下，海面上金光飛舞，潮汐如咒語起落……

小娃娃

就算沒有男人在場，她仍「撲嗤」「撲嗤」地放著電，
因為那份魅力是她的天分與恩寵，因為我們小娃娃，
極可能是另一個世界裡水仙花公主的喬裝。

滿天飛舞的垃圾地鐵冒出煙來

房裡有一種近似時空滲漏的感覺，不斷蠶食著、蟻噬般爬滿她，
彷彿一隻巨大隱形的眼，正凝視著她那無所遁形的孤獨。

小公主

關於小公主，貝琪知道的並不多。她僅有的結論就是：小公主的世界和我們相當不同。然而貝琪的日子卻因小公主的出現而有了出人意表的轉折。

是的，她羞於承認。但如果不是小公主，那個晚上，她非常可能成爲一條拋物線，終究被完成的，除了死亡，什麼都沒有，什麼也都不是。

死亡從來不是她的主題。

貝琪所追求的答案遠比死亡更深沉，更古老。

小公主的適時出現，是不是意味著，她的答案亦不遠了呢？

*

貝琪住在海邊的頂樓上，落地窗外有一方小小的陽台，一株玫瑰，和一把舊搖椅。

她喜歡坐在欄杆上，伸出腳，晃啊晃的，看對岸的山，山腳下的海，和海邊如魚群迤邐流動的人潮。

雖然她已經很長時間聽不見人們的談話了。

現在她只能聽到風、潮汐、水鳥，偶爾還有小孩的聲音。

每次坐在欄杆上，貝琪就止不住地想像，決定跳下去的那剎那，眼前會閃過什麼景象呢？

能不能專心的，在空中魚躍成一條拋物線，優美地墜落海底呢？

她常夢見自己是不同的魚，出入在深邃奇異的水域；或覓食，或被獵捕，或瘋狂愛上另一條魚從此以後纏綿離奇。也因爲這些夢，每當貝琪走在人群裡，總感到無以言喻的窒悶，她必須像魚一樣張大口呼吸。久而久之，一切關於人的事物和感情，自然離她越來越遠了。

對貝琪而言，日漸眞實的，只有她的屋子和陽台。

貝琪發覺，待在陽台上的時間愈久，那條似有若無的拋物線就愈清楚。特別在大潮的夜裡，光影靜止的瞬間，啊那一條線，霓虹燈束般自海面昇起，霎時間魚群嘩然迸出，此起彼落，粼粼月光下，海面上金光飛舞，潮汐如咒語起落：

「回去吧～嘩啦啦～回去吧～嘩啦啦～」

「回去吧～嘩啦啦～回去吧～嘩啦啦～」

在巨大而奇異的節奏裡，貝琪感覺到自己趨近寂靜、極盡的深淵，時間化成黏黏的水草鑽過皮膚，她感覺自己，一點一滴地分解，擴散，靜止，懸浮——

「啵兒」「啵兒」「啵兒」

驀地一串清脆的聲音，刀尖似刺破偌大安靜的夜。

她這才發現自己站在陽台邊緣，右腳已然跨出，正停在半空不知如何是好。

「啵兒」「啵兒」「啵兒」

這聲音不打算停下來的樣子。

雖說貝琪平常是有點神經質，但是這飄忽、斷續，又奇怪的「啵兒」聲不斷地從四面八方傳來，她很肯定這不是她的幻聽。於是貝琪跳下陽台，四下地張望。她很仔細地檢查過所有浴室、廚房、陽台的水管和通道，不過她彷彿也有預感什麼都找不到。

果眞沒錯！什麼都沒有了；聲音沒了，那條絕美的拋物線也消失了。

貝琪挫敗地縮在椅子裡。

「啵兒」「啵兒」「啵兒」

哇！又來了！

貝琪馬上彈簧似地跳起，停格了好幾秒，鎖定住牆角那只倒扣的花盆，躡手躡腳，貓似的匍匐移近，小心翼翼掀開：果然，還是什麼都沒有。

生氣的貝琪罵了句髒話：「　　」

奇妙的事情發生了——

彷彿誰誤觸了靜音鍵，整個畫面安靜異常，沒有一點聲音，除了一個透明的氣泡，從她嘴裡冒出，冉冉上昇，越變越大。貝琪愣愣盯著那個氣泡上昇，上昇……她忍不住伸出食指——「啵兒」的一聲，氣泡被戳破了。

她還沒意識過來呢，身後乍然飄來細弱的聲音：

「我要那朵花——」

貝琪回頭一看，一個半透明的小女孩坐在欄杆上，兩眼晶瑩，略帶憂愁地望著她。

貝琪摘下她唯一的一朵玫瑰花，遞給小女孩，呆若木雞地望著她。

小女孩湊近玫瑰花，用力地嗅了嗅，身上的顏色急速轉深。

貝琪迷惑極了，簡直不知道如何是好地看著她。

小女孩並不理她，逕自跳下欄杆，蹲在那株玫瑰前，端詳良久後，轉過頭對貝琪說：

「它病了。」

「病了？」貝琪清了清喉嚨：「嗯哼——為什麼？」

小女孩爬上搖椅，不回答，四處張望，兩腳懸空晃啊晃的。

一陣長長的沉默。

「嗯——現在呢？要我畫一隻小綿羊給妳嗎？」貝琪自以為幽默。

「我才不要什麼小綿羊。」小女孩嘟起嘴，搖搖頭，跳下椅子，踮起腳尖趴在欄杆上。風吹起她裙襬的蕾絲花邊飄啊飄的，像遠處的浪花。

「妳從哪裡來的呢？」

「從……很遠很遠的地方來。」小女孩仰臉望著星空，心不在焉的。

「為什麼？會是這裡呢？」貝琪笨拙地問。

「爲什麼不是這裡？妳不是也在這裡嗎？」小女孩一臉理所當然地望著貝琪。

說的有道理啊。貝琪苦笑。

「但是，我能幫妳什麼忙？」貝琪抱歉地說：「總有什麼我可以做的——」

小女孩搖搖頭，眼光濛濛的，「也許吧！」她伸了個懶腰，打了個大呵欠：「呵——#※◎……」句子像一串破碎的泡沫，咕嘟咕嘟，聽不清楚，尾音消失的同時，小女孩迅速褪色，彷彿黑夜裂了道口，將她囫圇吞噬下肚。

貝琪以爲小公主是她的夢，但隱隱然她又知道，小公主可能比她的夢，還要眞實、巨大。

幾天以後，小公主再度出現在陽台上。貝琪正在爲奄奄一息的玫瑰澆水。

「可是它不想喝水。」一個細嫩堅定的聲音響起。

她回過頭——小公主坐在欄杆上，迎風翩翩像隻小粉蝶。

「那它想幹嘛？」貝琪自然接口。

「抱我下來。」小公主張開雙臂。

貝琪猶豫了一下，但小公主像一陣輕盈的風撲向她，小女孩特有的香甜飄進了她的呼吸，胸口猛然被撞擊一下似的，慌亂中貝琪忙將她放下。

像上次一樣，小公主蹲在植物前，咕嚕咕嚕認眞交談。貝琪數到九的時候，小公主轉過頭來笑盈盈地說：「說好了。」

「說好什麼了？」貝琪將她放進椅子裡：「妳到底在說什麼。我的小公主——」

這是貝琪第一次這麼叫她，完全不假思索地。

「啊妳認出我了嗎？」小公主盯著貝琪，久久，靦腆地開口。

「不會吧！我從來沒有見過妳。」貝琪否認，又是不假思索地。

小公主沉默了，別過臉去。

「我是說，妳多說一點也……也許……」貝琪試圖修正自己的說法。

「妳眞的嘰哩咕嚕。」小公主氣鼓鼓地說。

「我嘰哩咕嚕？」貝琪愣住，隨即被她的模樣逗得忍俊不住：「那妳一定是#※◎嘍？」

她發出一些無意義的聲音，小公主笑得好開心。貝琪也跟著笑，笑得趴坐在地上。

「好久沒這麼笑了。」貝琪喘吁吁地說：「眼淚都笑出來了。」

「眼淚？」小公主頓時眼睛發亮：「在哪裡？我看——」

她伸出食指，小心翼翼接過貝琪眼角的淚滴。

「啊——」小公主低呼；淚珠靜止在她指尖上，竟凝聚成一顆晶瑩剔透的珍珠。

小公主就這樣闖入了貝琪的生活。有時候她靜靜坐在欄杆上，望著大海若有所思。有時她纏著貝琪問東問西，對於貝琪的問題卻答非所問，甚至不太耐煩。貝琪的日子卻因此有了轉折。有時貝琪會不太認真地想，如果她有個女兒的話，就該是小公主這模樣：天真、驕傲，笑起來眼裡有顆頑皮的星星——終於有一次貝琪想到這問題時彷彿被電到了似的，腦筋一陣花白後頓時卻又想起：是的，自己的確是有過一個女兒，只是來不及出生。她真的忘了這事兒。

那晚陽台外傳來輕微的騷動聲，忽地落地窗自動打開，一隻波斯貓「喵嗚」「喵嗚」白煙似的竄進來，往書架上輕巧地一跳，端坐在一本詩集上，藍寶石般的眼睛動也不動地望著貝琪，貝琪也不敢動——她沒辦法動。人貓僵持許久，貝琪終於認輸，她慢慢地貼近貓咪。

「喂，你是誰啊？」貝琪好聲好氣地問。

貓咪瞇起眼斜睨著她，沒有開口回答。貝琪放心地想：還好坐在面前的不是隻魔幻貓。於是貝琪對著夜空大喊：「小公主，妳在哪裡？小公主——」

海風也呼呼地在問：「妳在哪裡？妳在哪裡？——」

幾秒鐘之後小公主笑容可掬地出現。

「妳找我嗎？」

「是妳的貓嗎？」貝琪努力像個和藹可親的媽媽。

「不，牠是我朋友。」小公主說：「牠來找我玩。」

「嗯！」貝琪試著理出頭緒。「妳的朋友，很好。」

「妳要不要摸摸牠，牠很乖唷！」

「謝謝我想我還是不要好了。」貝琪連忙拒絕。

「牠的眼睛很漂亮對不對？」小公主熱切地問。

「對，對，很漂亮。」貝琪附和。

「妳爲什麼不喜歡貓呢？牠那麼可愛。」小公主失望地說。

沒想到小公主直接揭穿她的敷衍，貝琪不好意思了。

「我不是不喜歡貓，我是不喜歡照顧貓這件事，我也曾經有一隻白色的波斯貓牠叫——」貝琪頓住了，恍然大悟到眼前這隻正是她提及的，她曾經的，唯一的，僅有的那隻貓。

怎麼可能呢?她簡直無法置信。

貓,小公主,和貝琪三個,就這麼安靜、狐疑而甜蜜的,望來望去。

不知過了多久以後的一個黃昏,當人們撬開貝琪的門,發覺屋裡雖然整整齊齊卻是空無一人,然而陽台上那一株玫瑰花卻開得異常生氣嬌艷,彷彿正凝聽誰說話似的,迎著晚風微微傾斜,葉片上甚至還有幾顆水珠子,正晶瑩剔透地,眼淚般的,滾動在夕陽下。

小娃娃

我認識很多娃娃：唱歌的娃娃，跳舞的娃娃，喜歡打麻將的娃娃，還有一個長相很非洲土著的娃娃——可見當年她父母替她起小名時，對人生顯然有過分樂觀的想像。還好土著娃隔壁恰恰住了個名副其實的可愛小娃娃，這個娃娃是跟我一起學抽菸、穿高跟鞋爬山的老友芬最小的妹妹，在她極其文靜的童年就跟隨家人移民到了美國，幾年後照片寄回台北一看：委實笑壞了我們這些姊姊們；五顏六色的頭髮刺蝟般豎起，臉上畫的好像剛演完舞台劇《Cats》，一身的金屬鍊條，耳朵上13個洞，活像當時的青春偶像瑪丹娜嗑藥演出鋼管秀以後，因而我們喊她暴力娃。

去到A城不久，我跟暴力娃一下就混得挺熟了；說起來也是很那個，我老是混著混著，不小心就跟朋友的弟弟妹妹們玩得很好，可能因爲朋友都去結婚賺錢認眞做大人，那些個事兒我做不來，故而地位和輩分不斷地被時間沖刷，只希望日後不要淪落到跟朋友的兒女們打混就好。

二十歲以後小娃娃不喜歡暴力了，她改走的是好萊塢女孩性感路線：名牌服飾，敞篷跑車，酥胸半露。她最愛的娛樂就是逛比佛利附近的名牌店，跟那些女店員熱情地交換流行資訊和明星八卦，要不就是坐在俊男美女出入的餐廳裡，眼如秋水左顧右盼；通常就會有體面的男人過來「意思 cute 死 me」一下，名片一掏出來：又是個製片監製等娛樂頭銜。接下來即是一般的搭訕不過用的是英文，有的男人禮貌些，知道偶爾照顧一下同桌的女士；有些男人則否，完全當他人透明似的就這麼公然打情罵俏起來，說到得意處還自以為很帥地掃視旁聽者——幹嘛？要大家 Bravo 給掌聲嗎？

可能因為我們都不是美女，所以搭訕的戲碼一再重複之下更無法理解小娃娃那種持續的快感；她那種搔首弄姿如魚得水的表情讓我們只想好好打她一頓，漂亮女生不一定要表現得那麼白癡那麼性玩物吧？

常在一起玩的還有毛毛、木子、坡妹、哈雷姊姊等人，大都接近三十歲，三十歲的女人對於愛情和男人已經累積了不少挫敗的經驗，相對的看到小娃娃才二十出頭便深諳自己的性魅力，也許我們是羨慕，甚至有點嫉妒她呢，誰知道？有時氣起來，我和毛毛、木子、坡妹、哈雷姊姊會輪流罵她，一排機關槍似的，小娃娃邊聽邊表演被槍掃射到的樣子，一臉受重傷地喊：「唉唷！中彈了中彈了！」最後還要吐一口血頭一歪死去，大夥兒被她逗得樂不可支，想想她的人生她開心就好我們何必替她著急呢？朋友的道理不就是「你 Happy 我 OK」嗎？

只要沒有意外，我還是很喜歡跟小娃娃和在一塊，她永遠是那個被雷打到次數最多、最秀逗、最嚴重的水瓶座，永遠會帶給我們驚喜：她會突如其來做些你完全不了解、等你了解以後又氣得想打她的事情，說一些完全不搭軋；例如我問：「妳想吃什麼？」小娃娃則笑得春光明媚：「哇！天上剛剛有一隊烏鴉飛過。」或者是：「靠！那男的看起來亂會尬的……」嗯——對不起！這又好像是坡妹說的，反正小娃娃會說的也是類似的話，亂女性主義的，這話直到現在我還不敢講呢。

坐小娃娃的車挺危險，因爲她開車的時候眼睛老在後視鏡上補口紅——她最愛的就自己那性感誘人的雙唇了，所以她要不停地餵它顏色，桃紅也好、粉橘也好，總之是最誘人的顏色，當然一定要配合她衣服涼鞋，如果能配上剛剛 Gucci 那隻斜背包就更幸福了，小娃娃一邊心思不寧地補著口紅，一邊略帶婉惜地說道。車子剛好停在科羅拉多大道上等紅燈，旁邊「唰」的一下停了輛超酷炫的吉普車，坐了四個後街男孩似的金髮帥哥，紅通通的臉很健康很可口的樣子。驀然其中一個在跟小娃娃四目交接石火電光的一剎那，後街男孩露齒一笑，說了句：「寶貝妳好性感。」立馬小娃娃有如迅雷擊頂，當場眼睛冒星雲，「颼」的一聲，居然就左轉，跟著吉普車走了。

當坐在車上的我跟毛毛、木子搞清楚小娃娃爲什麼左轉後，也不太想罵她了，這有什麼！與上一次小娃娃在公路上與她男友飛車追逐，互相報警，結果兩人在警局過了一夜的事比較起來，爲了一車帥哥違規左轉並不算太離譜，在小娃娃的 Menu 裡這不過是甜酸小方餃，飯前開胃菜而已。

跟小娃娃在一起，一定要有隨時接受意外的準備，這樣才見得到她靈魂裡的眞摯與可貴。我很少很少見過這麼嘻皮笑臉，根本不在乎別人意見的女孩，就算伊拉克出兵打美國大陸要獨立台灣不許，飛彈都已經在街上飛來飛去了，肯定我們小娃娃仍然無動於衷，爲什麼要要求她那麼多呢？人家她的生命裡只有兩個意義：自己美不美？有多少人愛慕她？也沒錯啊！我眞的百分之百支持她，因爲她是我見過第二美的女孩，第一名是張曼玉。

但小娃娃比張曼玉更 Sexy ，她有一種甜美天眞又自然的肉慾，就好像看到新鮮的草莓你只想一口咬下去那麼自然，她的美麗帶著一種勾引和誘人，但更有一種天眞的氣息，將她的勾引與誘人純潔化，總之看到小娃娃是件賞心悅目的事情，她的性情又那麼可愛美好，其實我們這些朋友都很愛她，她就是一個永遠的么妹。

不過對於她的美麗，小娃娃有時很自覺，有時又很不自覺——這話一點不矛盾，因爲小娃娃天生的明星氣質令她與眾不同，她的打扮言談舉止，就像隨時準備去錄影上電視，她自覺的是她的美麗，不自覺的卻是他人的眼光。

小娃娃是人群中你一眼就看到的那個女孩，雙眼朦朧聲音性感，面容姣好身材火辣，即使是在咖啡座上，甚至於玻璃櫥窗中驚鴻一瞥，你也絕不會漏看這個出色的女孩，只有她如此坦然並陶醉於櫥窗中自己的影像裡，如此仔細旁若無人地整理她的頭髮並對鏡子裡的自己拋個媚眼、再嫣然一笑；就算沒有男人在場，她仍「撲嗤」「撲嗤」地放著電，因爲那份魅力是她的天分與恩寵，因爲我們小娃娃，極可能是另一個世界裡水仙花公主的喬裝。

小娃娃說她很小的時候常作一個夢，夢見那朵水仙花跟她說一堆話，還帶著她去逛遊樂場，宛如《愛麗絲夢遊仙境》般的奇遇。她特別強調那朵水仙花比她的臉還大，香噴噴的，主見滿強。

「說英文說中文？」我問小娃娃，絕對是認眞的。

小娃娃也很認眞地看著我，努力地想，不知怎麼地天邊竟傳來陣陣雷響。

「中文。」她肯定地說：「中文。」

過了兩禮拜再見到她，小娃娃顯得十分開心，「You know what?」她說：「我又夢到我的水仙花了，她要我跟妳 Say Hi。」

「喔！謝謝。」我說：「Hi。」

說也奇怪，當晚我就夢到了一群巨大的水仙花追著我跑伸出手要抓我，跑得我整晚上好累呀，陡然醒過來才知道作了個惡夢，我趕快跳下床去開冰箱咕嚕咕嚕灌了一大口 cool 啤酒。

小娃娃的電話剛好響起：「快來救我。」接著她說了一串路名和公路的出口。

「小娃，現在夜裡一點多我又在喝酒，找妳男朋友去救妳吧！」

「不行，」小娃娃說：「他沒開車——他跟我在一起。」

「那你們走路出去的嗎？」

「車壞了——」小娃娃頓了一下：「拋錨了。」

「打電話給修車場啊！」我吼她。

「不行！」小娃娃說：「我的鑰匙掉了，東西全鎖車上。」

「車開得好好的鑰匙爲什麼會掉呢？」我快氣昏了。

「因爲是我丟掉的。」小娃娃笑嘻嘻地說：「我們在吵架。」

我這裡一陣長長的沉默，電話那頭小娃娃還在跟男朋友鬥嘴，聽起來滿打情罵俏的。

「好吧！」我長嘆一口氣，心不甘情不願地答應了。

小娃娃發出歡呼聲，跟著她說：「喔還有！妳幫我帶支口紅來好不好？要粉紅色的！」她不忘強調：「越pink越好喔。」銀鈴般的笑聲從電話裡傳來，彷佛遠遠的天邊飄來陣陣的巴莎諾瓦。

後記：

小娃娃除了美麗性感之外，歌唱得也很好聽，特別是巴莎諾瓦節奏的歌曲。更讓人想像不到的是，她不但歌唱得好、更寫得一手好詩、畫得一手好畫——小娃娃的詩和畫都充滿了童話的氣息，正如她的人一樣，甜美而嬌憨。有機會我一定請她露一手給大家瞧瞧。順便矯正一下大家的姿勢——喔不！是知識：是誰說美麗的女孩一定無腦？看人家想不想用而已。

滿天飛舞的垃圾地鐵冒出煙來

紐約是她流浪的第一站。第一次坐地鐵就被個老黑搶了皮包，不過他的搶法滿斯文，先是不小心撞她一下，跟著用力扯她的背包，在她猶來不及反應之前，他已迅速消失。親戚說一定是因爲她滿臉觀光客的緣故。還好這個被搶的經驗並不影響後來她對地鐵的喜愛，也沒有增加她對黑朋友的畏懼；所以往後的九個月，她仍舊感受到紐約地鐵文化的美好。

她最常搭的就是E Train，到了時代廣場再換搭A Train或七號鐵。時代廣場就像個水庫的總閘門，來自四面八方的人或車都在這兒匯流，在這兒表演的地鐵藝人也最豐富，唱歌跳舞那已經不稀奇了，她還碰過表演默劇的、清唱歌劇的、背獨立宣言的。一般每停一個大站就會有個流浪漢上來乞討，有的不說話只是伸手到人面前，有的會面無表情地說：「我很窮，沒錢吃飯，請幫助我。」而她看到過的紐約人也不見得都是那麼冷漠，總是會有一兩個掏錢的。她是從來沒有掏過。因為那時候她很窮，一小時才賺四塊兩毛五，每天要剝一大簍芥藍菜剝到指甲縫冒出血、站到兩腿哆嗦換來的一小時四塊兩毛五——所以她碰到這種情形通常是閉上眼睛：裝睡。順便懷念一下她那個被搶的背包，特別是皮夾裡面、那兩張簇新的百元美鈔。

＊

關於B城，還有什麼樣可供懷念的敘述呢？

她在筆記上寫道：半夜三更飛舞的垃圾、路面上地鐵口冒出來的濃煙、大公園外一排排紙箱裡的流浪漢、潮州人開的成衣廠、老台獨的雞血石和鼻煙壺、42街偷窺秀女郎的大胸脯加 Kinky Show、賣熱狗三明治的獨眼馬力歐和那隻不會叫的三腳大白貓……

事實上是她很少有心情跟馬力歐聊天或者聽老台獨講古，她仍舊沉浸在她自己最原始狀態的痛苦中；對她而言，再也沒有什麼比自身更痛苦的處境了，痛苦並不來自於另一個人、一個陌生的城市，或一個兩難的處境，痛苦卻是來自於她自身的記憶。

在這個宛如垃圾場，炫麗潰爛的B城，她彷彿走進一部快轉的無聲電影裡，穿梭在街頭地鐵，人潮的腳步像海嘯一樣淹過來淹過去，她徹底感覺不到自己；她走在任何地方都感覺不到自己，躺在大公園裡感覺不到自己，經過那些流浪漢旁邊更感覺不到自己——感覺不到自己多麼危險卻美好啊？地鐵裡冷冷的、疲倦的臉孔中，她看到了那些空洞的眼神，與她一樣的茫然。

剛來的時候，她睡在親戚家臨時搭的木床上，常常睡到半夜，「哐噹」的一聲，床就散了。她一邊小心翼翼地拼起床板，一邊聽著窗外呼嘯而過「OE——OE——」的警笛聲，她拚命地告訴自己，這一切都不是眞的，不是眞的，她只是不小心闖入了馬丁史可西斯的電影裡。

抵不住安逸的渴求，她去找了她那有錢的乾妹妹。乾妹妹正在這兒一所私立大學念書。她家裡在百老匯86街口給她買了間高級公寓。門口的警衛穿著雪白的制服，眼睛手電筒似地打量著進進出出的人們。她成天坐在乾妹妹的大窗檯上，望著不遠的大公園發呆，再發呆。不久後乾妹妹介紹給她一個餐廳打工的機會，一天工作十個小時，薪資微薄。她跟一個廚房雜工的小越南妹交上了朋友，也許因爲她們是店裡最可憐的兩個。而那越南妹眞是土啊，一晚看到地鐵口冒出來的濃煙，驚慌失措地大喊著：「失火了！失火了！」一旁的她既尷尬又羞恥，不知道說什麼才好。她甚至帶點幸災樂禍的眼光看著越南妹，覺得至少自己要優越一點，並可恥的、心裡居然好過多了。

那晚她們領了半個月的工資，約好一起去吃平常捨不得吃的冰淇淋。一路上越南妹用坑坑巴巴的英文告訴她，如何借錢來的美國，六個人擠一間房……聽著聽著她突如其來地想哭，臉卻麻麻的，無法反應。送越南妹上車以後，她一邊走到她的月台，一邊想著自己茫茫的前途；她已經知道這將是最後一次見到那個越南妹了。在地鐵裡她終於忍不住哭了出來，一路哭回親戚家。親戚們早已睡了，連老狗巧克力也趴在那兒懶洋洋的，望都不望她一眼。

她也知道根本不可能遇見一個什麼異國藝術家，圓她那從來不曾存在過的藝術夢。這個城市對她而言只是一團霧，她始終沒有膽量去看清楚，好吧！她想，就認輸回去了吧，反正半年也過去了，她已無能爲力了。

殊不知馬遜出現以後，她的人生卻意外岔到了另外一條路上。

馬遜是她朋友珍珠的前男友，是個藝術家——當然囉！她倆在一個展示馬桶的畫廊外遇到，因此她好像撞見什麼好笑的事情般、誇張地笑了起來；不停地笑、大聲地笑、笑得前俯後仰。其實他們根本不熟。馬遜則是安靜地、面帶微笑地盯著她。她驟然脆弱地想：「讓我愛一下好嗎？」

幾天以後馬遜告訴她：他早已經是一個同志了。再熟一點以後，她忍不住問道馬遜：「怎麼可能呢？你做了三十年的異性戀，突然有一天早上起床就變成同性戀嗎？」

「我一直是個雙性戀，只不過自己無法徹底。」馬遜依舊微笑地說。

「那你是從什麼時候開始，決定徹頭徹尾當個 Gay man？」

馬遜有點害羞地跟她咬著耳朵，聽著聽著，她不由自主地笑了出來。

馬遜是個雕塑家，也畫些抽象畫。這天他給她看一幅剛完成的壓克力畫作：畫面充滿了粉紅色和黃色，噴水池般燦爛，好像歡愉的肉體全擠在一塊兒。馬遜問她看到了什麼？

她毫不猶豫地說：「河馬含著大雞巴。」

馬遜笑得眼淚直流，誇她有創意，她辯稱她頂多是有點暴力，跟著她問馬遜原畫作到底是什麼意思？馬遜只是一逕笑著、不肯明講，間或提起要她搬來同住，跟著一起畫畫也好。

「畫畫啊？」她有點心動了：「我已經好久沒畫，不如，先跟著你做一些小雕塑好了。」

於是她住了下來，並花了三天做成她生平的第一件雕塑作品「沮喪的精子」。

馬遜很照顧她，不但帶她去女同性戀中心見世面，更介紹她認識一些女同志、泡T吧、帶她去看偷窺秀，甚至租一些女同志的A片給她看，馬遜似乎希望她有更廣泛的性向發展，對於這點，她眞的很好奇。

「是是是！我努力就是了。」她笑著說：「不過我還是喜歡你對女人好色的樣子。」

馬遜也笑著看她：「我還是可以對女人好色，只要我想的話。」

兩人就這麼對望著，各有意思地笑著。

兩人同睡在一張床上，偶爾馬遜也會抱著她也撫摸她，但她完全冷感，兩人對彼此都沒有欲望。這樣一種伴侶的關係十分特殊，無論在身體、或是心理上。有時馬遜會出城一兩個禮拜，多的話一個月都有過。這個時候她就可以一個人好好地享用馬遜的房間——這間房令她越來越放鬆了，她可以很自在的在裡面行走、上廁所，即使全身光溜溜；房裡有一種近似時空滲漏的感覺，不斷蠶食著、蟻噬般爬滿她，彷彿一隻巨大隱形的眼，正凝視著她那無所遁形的孤獨。

很久以前有一次在香港中環的置地廣場，她也有類似這樣的感覺：那天是新年除夕的下午，行人個個行色匆匆光鮮亮麗，入世而篤定。人群中卻有個全身背滿了大小水壺的流浪漢，高高瘦瘦、蓬頭垢面，有如金庸小說裡的黃藥師，走火入魔來到了現代，眼神卻望向遙遠的桃花島。然而他身邊的人完全當他不存在似的來來去去，甚至沒有人看他一眼。只有她，不知爲什麼，被瘋漢吸引似的，偷偷地跟著走了好長的一段山路，直到她忽然驚醒過來，這才無端地害怕起來繼而惶惶地逃掉。如今坐在馬遜的房裡，她就忽而明白了當年的害怕原來是一種狎昵，一種無法抵抗的吸引，剝光你似的眼光，既甜蜜又危險地笑著——她想，啊！那個瘋漢，其實住在她的靈魂裡。

臨走前，馬遜給她一個功課：「要不寫個變態的故事，或者找一個人上床。」他帶著暗示的口氣告訴她：「中心的那個安蒂很喜歡妳，如果可能，爲什麼不呢？」

想到安蒂的手臂那麼粗她十分畏懼，她實在無法說清楚她對女體的害怕，也許正因爲太害怕了以至於無法幻想；根據她這兩個月來捏黏土的經驗，欲望總是來自於幻想吧?!那還不如寫個變態的笑話吧。她想，起碼這個是最安全的娛樂。於是她打開筆記本極盡變態又搞笑地寫了一個果農老黃尋找愛狗小白的故事，八百字。意猶未盡，她看到馬遜書桌上一疊稿紙，只寫了幾張，旁邊是出版社的空白合約，她拿起稿紙細讀之後，頓時眼睛爲之一亮。

二十天以後馬遜從外地回來，曬得又紅又黑，雙眼炯炯有神，看樣子得到了很好的滋潤。性品味改變以後的馬遜益發饑渴相，他現在瘋一夜情瘋得厲害，人也越來越顯風騷。

「有沒有?有沒有?」馬遜迫不及待地問她。

「有沒有什麼啊?」她笑著說：「只有〈老黃和小白〉，沒有安蒂，沒有任何人。」

馬遜接過了〈老黃和小白〉，看得笑出了眼淚，正要開口說話，她略帶得意地搶著說：「喔!對了，還有一張小說的合約。」她還以爲馬遜會誇獎她，想不到馬遜接過她的小說合約，愀然變色，啥也不說的拉長了臉就把她連人帶行李提了出去。

徬徨的她站在街口，混合著不可置信的卑微與挫敗，想著自己這一段日子以來在這個城市中老鼠一樣的竄逃更是傷心與無助，偶爾還要分心的想到那個越南妹卻死活記不起她的名字……東想西想忽然她一抬頭整個人呆住了：滿天飛舞的垃圾地鐵冒出煙來眞是詭異又漂亮。

電影

「在這種靈魂肉體互相滲透疊合的時刻，怎麼可能如此空虛與冷漠呢？」
她便執意與男人分手，卻發覺自己是在這個決定後，
才開始真正的、熱烈地愛上了男人。

搖滾樂

驀然，十幾個他走來，瞬間凝結成一張巨大的臉，深深地望著她，
彷彿下一秒鐘就要將她吞噬。她無法動彈，淚不停地流，
現實和虛幻在他的凝視裡完全失去了界限，
她看見自己的影像在他的眼裡聚攏又散去，
聚攏又散去，他的孤獨，她的追逐，啊！原來原來，她們互為寂寞的倒影。

哈雷姊姊

不過只要我們話匣子一開、再兩杯酒下肚以後，
原先的那個變化或距離頓時像蠟油似的，
一滴一滴地熔解掉了，對方又露了我們初識時的那個小孩臉孔，
這些年的時間便好像一張布景，
「嘩」的一聲，把我們的偽裝像張壁紙似的撕去。

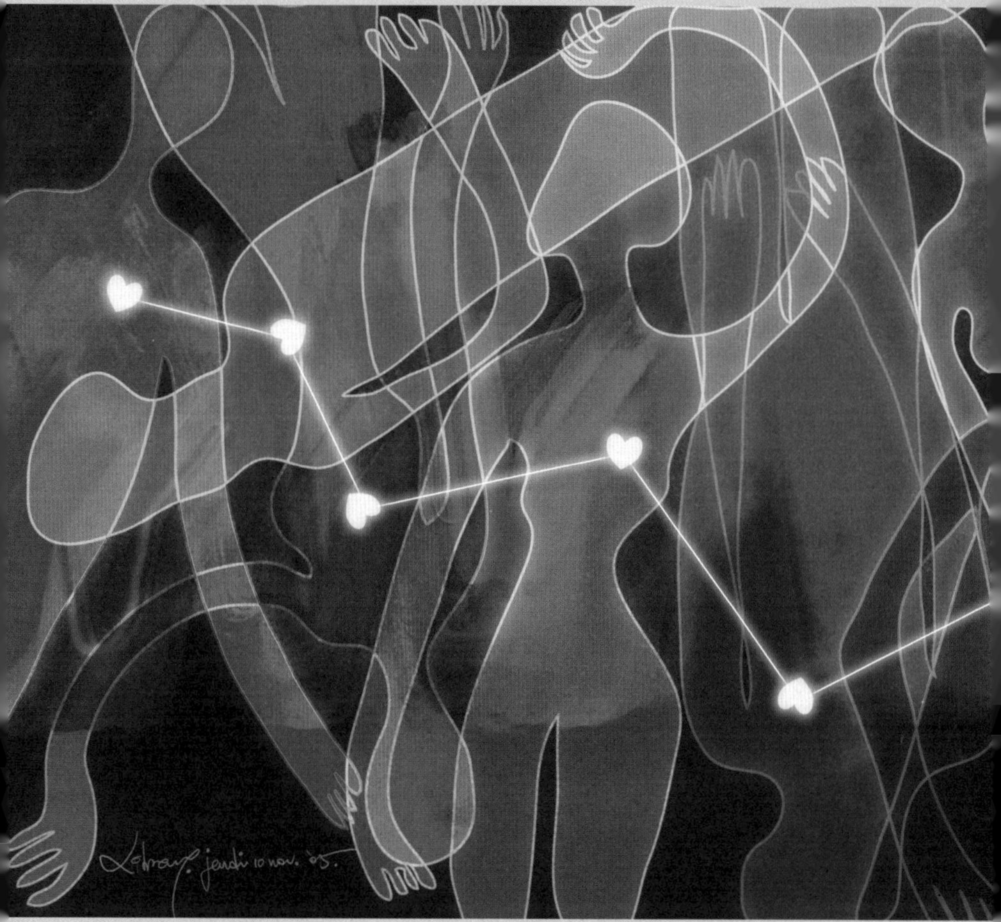
jeudi 10 nov. '05.

電影

第一次與電影發生關係是在我襁褓的時候，那電影叫《梁山伯與祝英台》。話說我媽是個梁兄迷，一日和我爸抱著剛看完病的我，經過戲院時，她忍不住又央求我爸：「讓我進去看一下就好、一下就好——」因爲她已經看過很多遍了。結果她一進戲院就出不來了。我爸抱著我徘徊在戲院門口，越等越來氣，遂打了個字幕進去——古早的電影銀幕旁都可以登上尋人啓事，而我爹是這麼寫的：「小孩快病死了，還不出來！」

據我媽描述，戲院裡一陣哄堂大笑，她糗斃了，心想：我要是現在出去了，那大家不都知道了我就是那個媽嗎？我媽硬是撐到電影看完才大搖大擺地走出戲院。

這是前幾年，我翻我爸的一本短篇時，赫然發現、再經我追問之下，我媽才想起的一個小故事。

＊

東豐街的一家小酒館裡，他正在台上唱〈可愛的馬〉，唱得聲淚俱下。

「這誰呀？」她笑問：「俗擱有力。」

朋友跟她介紹：「某某某，新導演，剛得了××影展的大獎。」

導演坐回桌上後，眾人七嘴八舌地各自說著不同的話題，互相調笑乾杯，導演拚命叫她「小孩」，逗著她笑，兩人八爪魚似的跳著吉魯巴。

一晚上導演不斷地跟她眨眼、微笑。

第二年，導演在台北近郊拍戲，她聽說是他四十歲的生日便去探班，剛好山腳下碰到了導演，兩人沿著台階往上走，她很靦腆地說出生日快樂這樣的話，導演也不太好意思，說其實根本不是他的生日，他也不知道自己什麼時候生的，又說四十歲老了什麼的，突然問她：「妳幾歲了？為什麼不結婚？」

這是他第二次問她同樣的問題了。

她有點尷尬，因為覺得這樣的問題真不像他問出來的。好像故意很生分似的。

他的電影裡不是有句台詞難道連他自己都忘了嗎？「結婚可以解決問題嗎？」她突然就有破碎的感覺；也不知是破碎在電影的生活裡，還是破碎在生活的電影裡？

後來，一個朋友小毛當上了副導，在月眉出外景，有幾場火車上紅衛兵大串聯的戲需要大批的臨時演員，小毛的親朋好友全發了通告，一大早上大夥兒已換好了戲服，嘻嘻哈哈地學唱國際歌兒，抽菸打屁等著吃便當。

她穿著鬆垮垮的紅小兵制服，手臂上別著「沈陽」的紅臂章，蹲坐在火車的兩截中間，正在筆記本上給國外的朋友寫信，描述眼前的一切。

小個子的香港導演經過她時忽然彎下腰來看：「寫什麼呢？」

「寫著——」她瞇起了眼含笑地說：「我愛你……」

美術指導汗流浹背地在調一種藍色的漆，他希望這場夢境的戲可以拍出費里尼那種飛起來的荒謬感。大夥兒全在等著他的費里尼藍。

小個子導演又經過她，「愛了幾多人哪——」居然還有心情說笑話。大半天過去了，只拍了幾個鏡頭而已，美導一邊尋找他的藍色，一邊對著包梨子的舊報紙，焦慮地大喊道：「不行！不行！」

回到台北後某一晚，她在一個Pub裡意外又碰到了美術指導，當晚兩人就交起了心，美導除了坦誠自己的同志傾向外，又傳授她一些穿衣配色的原則：「永遠不要在妳的身上放兩種顏色以上！」美導做出一臉無法忍受的樣子，順便介紹了一旁的朋友 KiKi 給她認識。

KiKi 是早期的港星，仍然是大美女一個。兩人一開口就互相喜歡得不得了，原來是同一個星座，調子對了。後來只要她去到香港，一定會找 KiKi 廝混幾天，她尤其愛跟著 KiKi 上茶樓，就算人多到大排長龍，領檯只要一看到 KiKi，馬上咧嘴一笑：「早晨K小姐。」立刻帶了她們入座，推點心車的大嬸婆也圍了過來，熱心地寒暄著，KiKi 跟每個人都可以一副熟到不行的樣子，一會兒誰誰誰送上來一客新鮮的叉燒酥，一會兒又是誰誰誰送來一客腐皮蝦捲，她這才知道香港的「大明星」是怎麼樣的通行無阻。可是 KiKi 談起戀愛來仍像一般女人甚至傻得更厲害些，自從那次她陪著 KiKi 整夜坐在天星碼頭以後，她確定了愛情只是把女人變笨變平凡的毒藥。不過從此以後她卻喜歡上了天星碼頭，喜歡坐著大小不同的船過海，喜歡在陌生的碼頭，陌生的人群中，走出自己的節奏。

她需要一種不遠不近、可以想念又不至於黏膩的距離，就像布景知道自己是布景一樣，演員也該知道如何與他的導演保持距離；學習在距離的美學中隱形自己。

美學很重要，無論是對電影或愛情。

她偶爾會想起當年那個殘破的放映室，那一排老上海小吃，衰敗的燈光映在那些衰微的臉上，彷彿白先勇的小說人物全在那出沒似的……

「有些存在僅僅是美學上的需要。」小個子的香港導演開始對她發表一些電影的想法，他自以爲是溫德斯似的說：「我一直企圖用電影閱讀城市，閱讀人群，閱讀留白。我們的城市太擠了，到處是聲音和影像，欲望把一切塡滿了，人們看著彼此的眼睛卻什麼都看不見。」導演像個詩人揮舞著手臂，一臉的憂鬱。她並不覺得驚訝。小個子導演這樣一番肌理交錯的藝術觀察也的確感動了她，正如他的理論，那存於空間裡的留白，存在於虛構與寫實之間，充滿了某種不可描述的絕美，欲望的翅膀不斷地鼓譟著，她與她的夢，存在著一種咫尺天涯的美。只有電影可以述說、可以完成的美。

但她並不想因此而愛上這個小個子導演。

也許是電影這件事弄得她一直以來心情低落極了，她只想整夜開著車，一直開一直開，直到清晨五點多天色微亮，她才在一片僻靜的海邊停了下來，因爲前面已經沒有路了。遽爾她看到遠處彷彿有一個男人，一手牽著小孩，一手牽了隻狗，在海灘上走著。男人離得很遠，大概有幾公里吧。她突然被一個男人大清早帶著小孩和一隻狗出來散步這件事所感動，好奇心吞噬了她的壞心情，她又振作了起來，重新想起她執著的那個人和事。

自從那個早上她看到海灘上那個男人起，她開始爲自己那個永遠寫不完的劇本營造些美麗哀傷的氣氛，那最好是一連串有雨有霧又有風的日子，而愛情故事最好是發生在渡輪上，男女主角各自帶著傷心的回憶打算永遠離開這個城市。然而有一場重要的戲她一直寫不好：當這個女人發現她和男人在做愛的時候，男人根本心不在焉，這使得她很不舒服，甚至想嘔吐。「在這種靈魂肉體互相滲透疊合的時刻，怎麼可能如此空虛與冷漠呢？」她便執意與男人分手，卻發覺自己是在這個決定後，才開始眞正的、熱烈地愛上了男人。

不知道從什麼時候起，她幾乎每天都看電影，有時一天還看兩場。她喜歡第一個鑽進剛開門的電影院，半眞空狀態的大廳，霉味塵埃四溢，只屬於她一個人似的，她大剌剌地坐在電影院中央，不是1號就是2號的座位，她喜歡伸長了腿搭在前面的椅背上，等著燈暗下來，好像在家一樣。

散場後，她走出電影院，站在街上張望順便抽根菸，戲院裡傳出的對白偶爾地迴盪在馬路上，聽起來有一絲不眞實的感覺，這個時候，她不知爲什麼竟有點離情依依的傷感，她一邊走著，一邊不時地回頭眺望那電影院，那些花花綠綠電影看板，胸口哽著一股淒美，彷彿一個人走在孤獨的繩索上，就要縱身一跳，跟不知是什麼的、永遠告別。

想到這兒她不免盤根錯節地想起多年前那個酒館和導演，他還唱〈可愛的馬〉嗎？也許這整件事都是因爲他那一聲聲「小孩」而引起的。她也知道自己傻氣，但這麼多年了，她一直愛著他，就像她愛上電影一樣，而你也知道一旦愛上了，那是一件多麼無奈不由自主的事啊。

搖滾樂

她站在北京飯店門口等一個素未謀面的朋友。

彼時的北京跟個大防空洞似的荒涼，十點不到東長安街上已鮮少人跡，偌大的夜裡只聽到四面八方的風「呼啊」「呼啊」在空中盤旋嘶吼著，夜空廣大而深黑，黑到了盡頭，卻有一點幽幽的藍、影子般晃動，彷彿黑裡蹲了頭怪獸，正靜靜地窺視著，眼裡發出冷冷的鬼火。這一切令她莫名奇妙地快樂起來，她情不自禁的跟著耳機大吼，只見幾輛經過她的自行車，都過了好幾百公尺了，仍戀戀不捨的、頻頻回頭望著她。

她完全能體會他們所受到的驚嚇，若換作她自己，她也會覺得這個唱歌的女孩肯定是個神經病；間奏時，她猶不忘替那些自行車感同身受一下。然而想是這麼想，卻阻止不了她引吭高歌的熱情，她繼續、旁若無人地唱著，唱得太開心了，完全忘了她要等一個人。她要等的那個人正坐在飯店大廳裡，點上他的第三根菸，狐疑的眼光穿過玻璃門，落在對街那名女子——也就是她，忘憂草似的臉上。

爾後他每每在人前提起這事兒，便一臉促狹的笑：「你們知道我第一次見到她時她在幹嘛？」「在幹嘛呢？」被問的人反問道。

「這哥們兒夜裡睡不著，坐在馬路邊唱〈一無所有〉呢！」他大笑著看她。

＊

當時她正在為雜誌寫些兩岸藝文人物的專訪。某次，在一個香港友人處，聽到了一捲錄音帶 Demo，當場被裡面搖滾的聲音所征服。她像著了魔似的，不顧一切買了機票，一路飛到了北京，尋到了聲音的主人。

但聲音的主人完全不是她想像的那個樣子，沒有歌聲裡的滄桑與風霜，卻是一臉小孩的害羞卻倔強，講起話來混合著狂妄與內斂，哲學的雄辯配合著眼裡銳利的光，聆聽他眞是一種愉悅、新穎、史無前例的心動與享受；她眞是不小心就一見鍾情了。之後的幾天，她們總約在一塊，吃飯喝酒，騎車玩耍。

離開的前一晚，兩人興高采烈地去看一齣現代京劇《穆桂英》，結果所謂的現代，不過是滿場的雷射光亂竄，看得她坐立難安，一撇頭，他正巧也在看她，兩人心照不宣的，一前一後逃出了劇院，他蹬著自行車北三環上找了家個體戶坐下來，點了盤涼拌生牛肉，一瓶55度的二鍋頭。兩杯以後她失去了語言能力，只能聽他滔滔不絕地說著，她則是一旁不停的傻笑點頭。再晚一點，他騎上自行車，她坐在後座，自然地伸出手來摟著他的腰，搖啊晃的，慢慢踩回她住的飯店。

正值十月天，北京人叫金秋，是一年裡最舒服涼爽的日子了。這北京晃悠悠的夜色，流水一樣滑過她的臉龐，鼓漲的愛意與醉，迎風滿滿，滿滿的，將她吹上了天，飄啊飄的，她彷彿一只就要飛走的風箏，於是她益發抱緊他左右扭動的腰，努力地不讓自己飛走。

她好想開口跟他說「讓我留下來，讓我愛上你，讓我愛你儘可能的久。」但被她說出口的句子卻是：「留下來，陪我看奧運轉播。」

前兩個月在一個她常聽的廣播節目裡，她聽到了他的新作。她坐在收音機旁，一邊聽著主持人的介紹，一邊漫無止境的想著：十六年以前她們經過的那幾條胡同，踩過的夜色，他第一個笑話，和那第一眼，令她怦然心動的開始。

那個晚上，在自行車的後座，她摟著他的腰，穿過東長安街沁涼如水的夜色，她心裡十分清楚即將發生的事。但她是心甘情願的。

朦朧中她聽到他說：「兩岸統一了。」

她笑得眼淚都出來了，她很想跟他說：「我只是想愛你，不是想跟你上床。」但她希望她自己眞是那麼清楚。也許她連自己都騙過了。

她知道他那種人，萬一不幸愛上了，絕對要用一種獨特的方式，一種只有她懂的，既冷淡又暴烈的沉默，才足以匹配這既壓抑又言情的時代。因此回到台北以後，她不打電話不寫信。儘管每晚聽著他的歌，一遍遍，重回那個晚上的狂野和溫柔。

整整一年，她陷落在一種周而復始的絕望裡，有時候像海，有時候像暴風雨，更多的時候它只是身體裡一個幽微的旋律，記憶深處的一點疼痛，一點淒美。

直到那個下午，她走在東區，經過一面百貨公司的電視牆。驀然，十幾個他走來，瞬間凝結成一張巨大的臉，深深地望著她，彷彿下一秒鐘就要將她呑噬。她無法動彈，淚不停地流，現實和虛幻在他的凝視裡完全失去了界限，她看見自己的影像在他的眼裡聚攏又散去，聚攏又散去，他的孤獨，她的追逐，啊！原來原來，她們互爲寂寞的倒影。

她就突然忍不住想飛去北京找他，抱著一丁點希望，如果，他也愛她的話……

三輪車七拐八彎鑽進了一條胡同，停在一戶不起眼的人家面前。推門進去，裡面別有洞天；是個臨時搭起的大攝影棚，樑上牆上掛滿了白閃閃的布條，寫著紅色的、憤怒的口號。一群工作人員，正忙著搭軌，搬景片，大小聲吆喝著。

他緊鎖著眉頭坐在燈光裡。

見到她，他的眉頭稍微舒解。然後，又見到她身後他的朋友，他點了個頭，什麼話都沒說，拉著她往院子走。

對坐在石凳上，她望他，他望她，不約而同露出一絲苦笑。

「妳還好嗎？」他開口道。

她聳聳肩，沒搭腔，拿出背包裡的CD和錄影帶，遞給他。

他接過，看看手裡的東西再看看她，有點意外地說：「妳還記得。」

「當然記得。」她想跟他說：「我記得你說的每一句話。」

但她還是什麼都沒有說，只是微笑著聳聳肩。

他問她住哪兒。

她回答老地方。

他不再接話，點起一根菸，飄渺的煙霧中，他用一種她不明白的眼神看著她。

冗長的沉默，冷風如刀，刀刀剮在心上，她在淌血，在吶喊……

驟然裡面有人大喊：「哥們兒進來打個燈唄。」

他丟了手中的菸，用腳踩了兩下：「要不要進來看看？這是我新的MTV，妳給點意見。」

「你先去忙，我還想在外頭吹吹風。」她扮出笑臉。

他進去以後，眼淚像螞蟻迅速爬滿臉龐，狠狠地咬著臉。

腦袋裡一片渾噩，轉的儘是混亂的痛苦的念頭，直到同去的朋友喚醒她。

「妳沒事吧？」他看著她。

她趕緊抹去淚痕，勉強開口道：「沒事，我想走了！」

「走了？進去跟他說一聲吧？」

「不了。」她說：「剛剛說過了。」

她決定走出門以後就不愛他了。

回家的一路上，她不斷地告訴自己：現實裡的他跟她熱愛的他，根本不是同一個人。這一年多，是她跟自己的一場苦戀，跟他一點關係都沒有。

由來她多麼希望她的愛只停留在人與人之間那最初的善意裡，沒有期望和要求，風一樣的自由。那也是愛情剛開始的時候，尤其是在旅途上，它短的，剛好保持住欲望最純粹燦爛的時候，好比煙火炸開的一瞬間，整個天空，就是一個美麗的、無與倫比的驚嘆號。

一年以後她已經在北京住下了，跟她當時的男朋友——也就是一年前陪她去找他的那個友人，小倆口正鬧得不可開交。

那幾天北京高溫將近四十度，北京城裡的蟬許是熱昏了，半空中一群轟炸機似的鬼吼鬼叫。她挺了個大肚子，蹲在大院裡修自行車，汗流浹背火得要命，不過是脫鍊，她卻怎麼也修不好，弄得滿手黑漆墨烏的，氣得她眼淚鼻涕齊下，恨起來猛踢著那老破的自行車洩憤，嘴裡「去你媽的蛋」不停地罵，也不管身邊的北京老太太瞅著她直笑。

他突然出現了，看到她的狼狽樣，他笑了，說：「走！去吃冰激淋。」

坐在她們家對面的馬克西姆快餐店裡，她拚命地說著笑話，其實她心裡知道他爲什麼突然登門拜訪——是爲了她男朋友說情來的吧？

當時大概所有認識她的朋友都來勸過她，沒有十個也有八個，只因爲她的男朋友不希望她生下這個孩子。在北京城生了孩子卻報不了戶口是件要命的事，更因爲，她這完全是嘔氣的決定——眞正的原因是她男朋友趁她回台灣時又交了個女朋友，交了也就算了，可他偏偏瞞著她，讓她挺了個肚子懷著結婚的美夢，大小家當全搬到了北京以後，卻把她晾在他的小破屋裡，而他卻天天陪著他的新女友，逛長城、逛友誼商店，聽著她幫他帶來的隨身聽，直到她男朋友的朋友和男朋友的姊姊再也看不下去告訴了她眞相以後……

這是個什麼亂七八糟的愛情；她從來沒有這麼恨過一個人恨她自己！

女人是這樣的，你可以不愛我，但是你不要騙我。

吃完了三客冰淇淋，她點上一根菸，拍拍肚子：「眞舒服。」

「再來一客。」他笑瞇瞇地說。

「不行了。」她笑道：「一會兒變凍肉了。」她指著肚子說。

「見妳的第一晚咱們也去吃了冰激淋，在麗都飯店。」他說，小眼睛瞇起。

「你還記得？」她笑著說：「呦！先生，咱的『跛拿那』使完了，您換個別的使使行嗎？」她學著當年那個賣冰淇淋的小姑娘捲著舌頭說話。

他笑著說：「現在妳的北京話說得挺好。」

「定居落戶嘛！不然怎麼辦？老用外匯券不划算啊！」她笑笑，心想：看你講不講？

他仍是微笑地看著她，驀地開口：「咱們都是藝術家。」他頓了頓：「跟別人嘔氣，不値得。」

她咬著唇不說話。

他又說：「藝術最大，妳懂嗎？」

她悶不作聲。想到了那次去他MTV拍攝現場，也是決定不愛他的那一天，如果當初不是因爲他的無情，她就不會愛上這個同去的朋友，當然也就不會陷入現在這個僵局裡，毫無轉圜餘地。她這什麼亂七八糟的愛情眞是困死了她自己。

終於她的眼淚嘩啦嘩啦地掉下來了。

他也不管她正哭得起勁，又說：「上回妳寄妳寫我的文章，我看了以後好慚愧，我覺得自己眞是個流氓，妳懂嗎？」他用力的，一個字一個地說。

這一下，她更哭得益發不可收拾，他不再說話，靜靜地看著她哭。

好不容易哭過癮了，她抹抹鼻涕深呼吸一口氣並說道：「媽的你害我哭了。」

兩人對望著不由得笑了起來，也都憶起了那個荒涼的晚上，兩人第一次相遇的好時光。

哈雷姊姊

跟青梅竹馬又相隔兩地的朋友一起變老眞是件有趣的事情。往往兩三年不見就有些意想不到的、有時甚至是外貌上的變化。那時候我就會忍不住想，自己是不是也變了很多呢？朋友對我是不是也有相同的感覺呢？不過只要我們話匣子一開、再兩杯酒下肚以後，原先的那個變化或距離頓時像蠟油似的，一滴一滴地熔解掉了，對方又露了我們初識時的那個小孩臉孔，這些年的時間便好像一張布景，「嘩」的一聲，把我們的僞裝像張壁紙似的撕去。我也告訴過我的那些青梅竹馬、又相隔兩地的朋友這個「嘩」一下的感覺，可是她們都千篇一律地回答我：「欸！妳的酒量變差了喔。」

＊

哈雷姊姊高瘦的個兒，超酷打扮，騎哈雷機車打爵士鼓，是個很會替自己安排樂子的女生。她養了一隻大麥町叫史耐波，是隻大笨狗，喜歡像小孩一樣的玩丟球，你丟出去牠再飛也似的揀回來，可以幾個小時都玩同一個把戲猶樂此不疲。哈雷姊姊遛史耐波的樣子很好笑，人和狗都是四肢細長的模樣，兩個都慌張失措的厲害。然而笨狗史耐波是哈雷姊姊的寶貝，走到哪兒都帶了同行，就連禮拜五晚上出來玩耍也不例外：哈雷姊姊會把史耐波鎖在車上，每個鐘頭就要去巡視一下，看看寶貝狗兒子有沒有怎樣怎樣……搞到大家都緊張就對了。

哈雷姊姊開了一輛富豪的車，她振振有詞地告訴我們：「史耐波也可以幫忙看車呀！」終於有一晚當我們再去視察史耐波的時候，車門一開，全傻了眼：史耐波不見了！

哈雷姊姊一臉不可置信的看著我說：「幹！結果是狗不見！」

好在貼了懸賞後沒幾天寶貝史耐波又回到哈雷姊姊的懷抱。

我跟哈雷姊姊是十幾歲就認識的朋友，那時她有個小破摩托車 150cc，要小跑步推車一陣才發動得起來，每次我都要用小跑步跳車的方式上車，搞到開運動會一樣緊張刺激。簡潔來說哈雷姊姊是個可愛開朗的射手蠍，有些龜毛的地方又很處女座，總之她就像我們每個人：不完全討厭也不完全可愛。哈雷姊姊有位男性朋友我們叫他小朋友，常跟我們玩在一起，小朋友人長得帥個性亦耍寶，是個沒落的馬戲團之後，現職的職業軍人，每次喝了半瓶啤酒以後便開始跟大家哈啦槍枝的分解，還一邊畫著圖解做為輔助說明。

看得出哈雷姊姊很喜歡小朋友，我們也都希望如此，兩人在外型上挺登對，可惜哈雷姊姊金星落處女，是超ㄍㄧㄥ的那種女生，感情的表達上尤其保守，這點兒完全不像天蠍座。我也想不出什麼好招教她，只好搔著頭說：「酒後失身快一點囉！」電影上不都是這麼演的？

哈雷姊姊則是一臉愁雲慘霧：「欸！不行，他酒量比我差耶！恐怕兩瓶啤酒就醉了。」

可眞是個老實人。逼得我不得不說：「那不正中下懷？什麼時候了？別演林黛玉啦！」

立馬不囉唆我便開了個 Poolside Party，邀請一幫朋友來玩，來游泳，我特別慫求哈雷姊姊不要帶她的史耐波，否則大家就趴不成了。當天哈雷姊姊穿上了比基尼，可是她實在太瘦了——關於她的胸部，又是另一個故事，改天再來好好、專題來講，總之我們一群人玩得很高興，還有不熟的朋友帶來魔菇助興，我把它偷偷炒在蛋裡大家分食後，也沒什麼特殊異狀，索性我們就自己演成很 high 的樣子，小朋友更是拿出他的絕活，一會兒變魔術一會兒倒立，看得出每個女生都芳心大動。我一直想跟哈雷姊姊說：「我可以幫妳一下，我不介意的。」關於朋友的男朋友這事，我們向來盜亦有道，絕對不調戲朋友的男朋友或老公的。但我室友坡妹是個來自馬來西亞漁村的番婆，不懂我們這些文明規矩，當場就跟小朋友眉來眼去的，看得我好氣又好笑，很想亂中把坡妹拖出去毒打一頓。宛若《仲夏夜之夢》，Party 在混亂中帶著歡樂聲結束，什麼事也沒發生。

某夜和哈雷姊姊不知怎麼聊到酒後失身這件事，她說得眞坦白：「好也就罷了，不好還得忍受半天，在天亮前尷尬地溜之大吉。」我想了一下，的確是這樣，一時倒也無言以對。她是少數幾個，我可以坦白聊性、聊男人的朋友。並不是每個女人都願意面對自己本然的性面貌，更別說討論了。性，依舊是個壓抑幽微的話題。這點我和哈雷姊姊的交情難能可貴。即使我們有時主觀認定對方的做法有問題，但那是個人的選擇，我們認爲朋友就是永遠，無條件支持對方任何的決定。

人與人的相處很奇怪，並存著相反的需要；既群居又孤獨，也都無法徹底。我的朋友們也都一樣，可愛古怪，一點點悲哀，一點點世故，年齡並不使我們較習慣或較怡然自得，我和哈雷姊姊都是這樣的人。除了略微龜毛以外哈雷姊姊其他都很可愛，我最喜歡她自彈自唱〈Loving You〉的表情，完全爽到不行的表情。

我問她爲什麼會去騎哈雷？結交這些騎士朋友？

她也老實說：「因爲我喜歡人家看我！」多可愛的答案啊！只有好朋友老朋友才敢那麼老實地講。

哈雷姊姊出身自一個本省醫生家庭，父親受日本教育，很嚴格，一直到現在將近八十，仍是激進的政治狂熱分子。哥哥很霸道，媽媽很弱勢，是那種女孩子極沒有地位的家庭。

她卻是唯一可以跟我一起聽重金屬，跟著彈吉他打鼓拉開喉嚨嘶吼的女朋友，常常玩得比我更勁爆——勁爆幾十倍。自從前年她跟著哈雷車隊從洛杉磯騎車到亞利桑納以後，我們所有的朋友一致通過要把第一名的獎章永遠頒給她，毫無異議的心服口服。

她離過兩次婚，後來交的男朋友都是老外，前一個是猶太人，心理醫生，一個是現在這個 Biker，住在船上的一個混血義大利人，哈雷姊姊的愛情越來越傳奇。

可是聽她的描述，那兩個男友彷彿都有點大男人主義。

我也覺得奇怪，她的愛情總是少一點什麼，爲什麼呢？

直到那次我親眼看到了才恍然大悟，喔！原來她自己也有問題：她在她男朋友面前非常的不安，一會擔心湯涼了，一會兒又擔心啤酒不夠冰，我們偶爾講兩句中文也會被她要求改回英文，以免冷落了她的男朋友。弄得大家一頓飯吃得很不輕鬆。

我就會忍不住想，我會不會那樣對待我的男朋友？也許她太在乎失去了，可常常是我們手抓得越緊，越抓不住任何東西。

尤其是在愛情裡。

不管是誰的故事，好像都會碰到一些基本的老問題，肉體層次、精神層次也好，沒有人特別聰明，也沒有人特別可笑。我知道自己投射了太多主觀的想法在我的老友哈雷姊姊身上，也許因爲我太知道男人和女人的脆弱。因爲，面對愛情，我偶爾不小心也會這樣，像隻小博美狗似的討好，並樂於失去自我。因此有時看到她，更彷彿是看到那個脆弱的自己，就特別的捨不得。許是我太希望我們這群老朋友，甚至所有的女人，都能在愛情中找到自己的位置，和自由的緣故。

鑽戒

誰說女人一定要犧牲與奉獻？
不是妳越犧牲奉獻，對方就越愛妳，
那是我們媽那時代的童話，現在早不靈了。

言情小說家

我們只是用愛情這帖天真的毒藥，餵食著我們的女性同胞而已，
我自己是一點都不相信羅曼史跟愛情跟現實生活有什麼狗屁的關係。

自我筆記

那時我在異國──當年是逃出台灣的，因為無法解釋的疲倦與低潮；
我只想做另外一個、也許連自己都不認識的人。
而的確，在異國的四年，我完全演足了另外一個人，
不想我的姓名、父母、我的過去。

鑽戒

我跟我的命理老師學了十多年的紫微斗數，雖然學得不怎樣，不過這些年來光是幫人算命的故事就夠我說上三天三夜。然而算命的故事不是重點，我比較想說的是「爲什麼要算命」以及「算命有沒有用」這兩件事：大概會來算命的，除了好奇之外，一般都是遇見了困難，甚至茫然無助的時候，因此對於算命師的態度就顯得有點醫病關係，通常是謙卑附和尋找信心的多。當然也有極少數人是死鴨子嘴硬派，你要是說東他就偏說是西，你說壞他就一定說好；一副來拆招牌的嘴臉。碰到這種人我老師私下跟我玩笑地說：「下次收他兩千塊一個命，他一定馬上閉嘴還畢恭畢敬。」因爲她這二十年來都是免費替人算命；我老師是個佛教徒，這是她的發願。

算命到底有沒有用呢？坦白說，我認爲幾乎是沒有用的；一百個人裡面頂多有一個人會記得算命師給他的提醒，會去趨吉避凶。其他九十九個，會離婚的還是會離婚、會破產的依舊會破產，牛性仍是牛性，冥頑不靈的還是依舊固我——因此兩年前我就把手上一百多張朋友的命盤全撕了，不再去替明天、尤其是別人的明天擔憂。當然也不無可能的是因爲我從來沒有算準過自己的命。

至於我老師算得準不準？借一句我朋友李先生的話來形容：他說：「嗐！怎麼妳老師好像偷偷跟蹤我似的？」

*

每次看到鑽戒我就想起嘉芬，她是我朋友中最早結婚的一個，那年才十八歲，金甌女中剛畢業。

打小，嘉芬就長得眉清目秀白淨高䠷，是她們村子裡數一數二的大美女，因此嘉芬她媽對她期望相對的就大，管教也特嚴，很少眷村的女孩像她一樣走路老低著頭，講話不到三句就臉紅。當得知嘉芬要嫁給個有錢的新加坡華僑，她們村裡也不知哪個好事之徒竟放起長長的掛炮，劈哩叭啦響徹雲霄，吵得村裡耳背的老人們不住地嘟囔：「呦！又怎麼啦？不是才過的年嘛？」

出嫁前，嘉芬讓我和小六去看她那顆三克拉的大鑽戒，可是把我們看得眼冒金星垂涎三尺，好久好久眼睛都捨不得眨一下，而一旁的嘉芬笑得幸福燦然。婚後的嘉芬去了新加坡，偶爾回來住一陣，並不常與老朋友聯絡，當然我們也不會怪她。對我們而言嘉芬好像一夕之間走入了大人的世界，跟我們再也不一樣了。

一次嘉芬請我和小六去她天母的家裡吃飯，聊得晚了，便留我們住下，我們一人分到一間附浴室的套房，一條全新的CD內褲，美麗性感的蕾絲花邊，又把我和小六看得兩眼發直，彼時我們二十歲不到，別說名牌如CD內褲，能穿一條繽繽牛仔褲（BANGBANG）就已經光宗耀祖，踋上天了。

自此以後我再也沒有嘉芬的消息，據說她替家人辦了移民，去美國享福啦。

十五年後嘉芬突然平地一聲雷似的出現；我們興奮地通了長長的電話，然後按照她給我的地址，我找到了她家，在中和夜市裡一家香燭用品店的樓上。

走在黑暗腥臭的樓梯間，我心裡越來越有不妙的預感。

她開了門，我愣了一下，但儘量不讓自己顯得太驚訝：嘉芬完全變了樣——頭髮凌亂、形容憔悴、衣服邋遢，屋裡的布置更奇怪，好像是間神壇什麼的。

一個不起眼的男人坐在沙發上，腆個肚子拿著搖控器不停地轉台，抖腳。

嘉芬介紹：「這是我老公，某某某。」

我也不敢問太多，簡單聊了一下後，嘉芬便跟我說她現在在做直銷，賣健康食品，她拿出一堆英文資料讓我帶回去仔細閱讀。

「只有好身體才是眞保障！」送我出門時嘉芬把手搭在門框上笑著說。

我注意到她手上掛了好幾串水晶什麼的，總之琳瑯滿目，卻沒有戒指。

又隔了好幾個月。

嘉芬打了個電話給我，劈頭第一句話就說：「我又離婚了！」語氣好像中了樂透般雀躍。

跟著她問我記不記得她的兒子。

「記得啊！」我說：「小時候多可愛啊，我們最愛啃他的胖腳了。」

嘉芬笑著說：「怎麼妳都不看電視的嗎？」

我說：「嘎？啥？」

原來嘉芬的兒子已經成爲當紅的偶像了，長得又高又帥，確實跟年輕的嘉芬十分神似。

「恭喜妳又要過好日子了。」說完，我馬上覺得自己怪俗氣的。

嘉芬卻長嘆了一口氣：「唉！還不是一樣，我沒那個命！」隨即她想起了問：「小六怎麼樣了？好不好呢？」我跟小六也有一年多不見，於是提議哪天咱仨見個面、敘敘舊喝個小酒什麼的也不錯啊。

小六的身高乃至於體型五官，幾乎從小學六年級起就沒再變化過，嬌小玲瓏像影集《慾望城市》裡的凱莉，她是某大旅行社的業務經裡，看起來很女強人，實則不然；幾年前她老公染上了吸安的惡習，留給她一批債務和兩個小孩，自己卻避難到了大陸，一去就毫無音訊。是故小六常常找我訴苦，我雖然同情她，卻也認定她是個愛情大白癡（當然不好這麼打擊她），已經無藥可救。

那晚我們開了一瓶皇家禮砲，不到一個鐘頭已經喝掉了大半瓶，我跟嘉芬倒還好，沒料到小六的酒品變得奇差無比，喝到一半，竟然撇過頭去對隔壁桌說：「欸！你們他媽的小聲一點好不好？」其實最大聲的是她自己。害我亂不好意思的，一晚忙著回頭跟隔壁桌道歉。

嘉芬一臉看不出什麼表情地盯著小六，偶爾露出一絲冷笑。

整晚小六不停地訴苦，一會兒是她老公又多出了哪幾條債務，一會兒又是她新男友騙了她一百多萬，一會兒——當她知道我在替某網站寫星座的文章的時候，一反哀怨興致勃勃地問我：「趕快告訴我金牛座的男人怎麼樣？」當然，那個騙她一百萬的男友是金牛座的。

我終於破口大罵：「小六妳人格分裂啊？這樣的爛男人妳管他什麼座？牢裡坐吧！」

小六馬上爲男友辯解：「他又不是故意的，兩個人在一起講錢就沒意思了。」跟著小六竟然誇讚起他男友來，怎麼怎麼的有夢想，怎麼怎麼的桀驁不馴……

怎麼辦呢？我和嘉芬互望一眼，同時露出一絲苦笑：原來這些狀況都是小六自己選的，正是「可憐之人必有其可恨之處」。

小六仰頭喝盡酒再吐口煙，幽幽地說：「在愛情裡，我永遠不要自己後悔……」

耐著性子聽她講完所謂「不後悔的心路歷程」，我已懶得說話了，正打算改變話題問問嘉芬這些年的際遇，哪曉得嘉芬一拍桌子、暴怒道：「小六妳的意思是，過去二十幾年來妳所受的這些苦，幫這些男人擦的屁股，很有價值嗎？有機會妳還是要做他百八十遍無怨無悔嗎？」嘉芬直著嗓子說，我和小六都有點嚇到了，四隻眼睛盯著她好像盯著她當年的那顆三克拉的大鑽戒。嘉芬繼續說：「如果妳打算下三十年還過這種日子的話，我馬上閉嘴，不勸妳也不罵妳，妳現在就給我想清楚，後不後悔是妳家的事，但妳的小孩犯了什麼錯？要跟妳過這種日子？就因爲那些不負責的男人幾句甜言蜜語，妳就得勞勞碌碌，無怨無悔過妳的一生？妳不擔心妳女兒拿妳當模範、步妳的後塵嗎？誰說女人一定要犧牲與奉獻？不是妳越犧牲奉獻，對方就越愛妳，那是我們媽那時代的童話，現在早不靈了。」越講越激動的嘉芬竟然眼淚直流：「難道我不想被愛被人照顧嗎？有沒有那個命妳自己要認！要認命啊！」

我和小六忙不迭地點頭，尤其是小六，當場酒醒到不行，連說話都小聲結巴了起來。

那晚獨獨嘉芬酩酊大醉，醉得我們不得不打電話叫來她的兒子，才把她給扛了回去。看到她兒子那種心疼又責備的眼神，我想這些年來，嘉芬必定吃了很多很多的苦，才說得出認命這樣的話吧。

回家以後我失眠到天亮，腦裡轉的儘是當年的嘉芬；那一臉鑽石般的笑容與神情。

言情小說家

我正在父親的病榻前趕我言情小說的最後一萬字，並深爲結局所苦。

父親在年前摔了一跤，又嚴重的胃出血，醫院裡待了一個月以後總算有點起色，然而他的神智是越來越不清楚了，有時竟然連我都認不出來。幸虧鄉下來的看護周媽挺有耐性的，伺候父親也無微不至，所以父親對她倒是和顏悅色，不像對待上個看護唐媽，老吐人家口水。周媽也有五十來歲，長得是黑瘦乾癟，嘴裡只剩下稀疏的幾顆黃板牙，堪稱醜怪至極。一晚我伏案寫稿，正寫得專心，忽聽隔壁房我父親破口大罵，罵的是三字經，之宏偉流利，哪兒像個風燭殘年、久病臥床的老人？我趕緊去看，正要推門進去，卻聽到房裡的父親換了一個口氣對周媽討好地說：「唷！妳笑起來牙齒好白啊！」我忍住笑，進了房，周媽也站在床前摀著嘴笑呢。過了一會兒周媽上廚房熬稀飯，父親才一臉惶恐愼重地湊在我耳邊說：「聽說她以前做過舞小姐的？」

我的第二本言情小說《妳是記憶裡的流星》就是在這樣的情境下完稿的。

*

珊咪縮在我的大沙發裡，像一隻被大雨迎頭澆下的小貓咪：神情惶惑毛髮結球，不斷地舔著爪子啃她的指甲。我把她的〈分手〉存在我的資料匣裡，望著她，不知該說什麼好。

「怎樣？」她緊張兮兮地問。

「能怎麼樣？」我嘆口氣：「珊咪，連標點符號5000字不到，我不曉得妳要我看什麼。」

她馬上一副快哭出來的表情。

「插圖不錯！」我趕緊說：「妳上哪兒抓的？」

「莎！這個故事我想發展成長篇，妳覺得可以嗎？」她吸吸鼻子要哭要哭地說。

「當然可以啦！」我笑著說：「珊咪妳怎麼啦？像個剛出道的小作家，這麼沒自信啊？」

「莎！妳老實告訴我，我是不是碰到瓶頸了？」珊咪神情肅穆，一個字一個字地說。

我望著她，不知道她到底要什麼樣的答案，就算冒一次險好了，當然也念在我們十年的交情上，我決定實話實說：「嗯！是，有這麼一點點跡象。」

此言一出，珊咪立刻面無人色，渾身哆嗦。

「珊咪別這樣！沒什麼大不了，很多人常年在瓶頸裡，不也寫得很快樂很暢銷嘛！」我連忙安慰她：「不過是寫言情小說嘛！又不拿文學獎，壓力別這麼大。」

「我對不起我爸對不起我媽！更對不起我的老師！」珊咪呼天搶地地說。

我忙遞上面紙，並隨口問道：「妳今天怎麼啦？又失戀啦？」

珊咪彷彿就等我說這句話似的哭了起來，我不怪她，她是獅子座，很容易被自己感動。

但接下來的事情我就傻眼了：她用哽咽的聲音唱起歌來，唱的是李泰祥的〈告別〉，前幾年KTV還有這件唱帶的時候我教她唱的——這是我小阿姨年輕時失戀必唱的一首歌。

我靜靜地聽著她唱，並若無其事地站起身，踱到門邊將門反鎖，我可不想同事進來看到這種戲劇化的場面，本人向來很害羞的；雖然別人不太看得出來。

「在曾經同向的航行後，你的歸你，我的歸我——」

趁著她換氣的時候我趕緊問她：「要不要喝咖啡？」假裝什麼事情都沒發生過。

她本來已提氣準備唱下一句，一下愣住，想一想還是回答我：「好！謝謝妳！不加奶精不要糖。」

其實我蠻討厭喝咖啡不加奶精不要糖的那種人，我也討厭穿黑襪子的男人不喜歡穿白絲襪的女人。不過我很久以前就知道自己的討厭與喜歡於生活一點意義、也一點幫助都沒有，頂多它們像相機上的濾色鏡，將我所看到的景象加以潤飾著色而已，有時甚至製造出某種程度的影像失眞。第一次見到珊咪的時候，不消五分鐘我便從她的言行中判讀出她是獅子座，她有著所有獅女的特徵：自大、誇張、戲劇化，可以前一刻笑得天搖地動，下一刻卻又涕泗縱橫。我媽媽也是個獅子座，所以一下子，我就喜歡上了珊咪。更何況那時候的她喝咖啡不但加奶精還加很多的糖。

我們是在誠品地下室聽一場張大春的演講認識的。那個下午一共有三場演講，之前是南方朔之後是王浩威，張大春的那場最好聽，大多數人都是衝著他來的；珊咪也不例外。

那天她打扮得很奔放華麗——參加晚宴似的，彷彿全身上下從衣著到飾品都聲嘶力竭地大喊著：「注意我吧！注意我吧！」我的確也注意到她了。那幾年 Anna Sui 剛崛起於時裝界，她那層次豐富的紫、大膽而叛逆的刺繡花邊、燙鑽和繡珠，恰恰襯托出珊咪如一朵迷幻妖豔、怪誕而頹廢的紫玫瑰，我很難遏止自己對她無邊的想像，也很難不去想像其他人對她的想像；珊咪正坐在演講廳的中間，也剛好在我們所尊敬的演講人張大春先生的視力範圍正對面，只見她輕托香腮，巧笑倩兮，美目盼兮得緊。害我整場演講都失魂落魄的，只要張演講人的目光稍稍猶疑打結一下，我便忍不住想到 Stephen King 的《Misery》等等等，樂趣完全飛出了演講現場和演講內容，那天講的題目好像是文學獎還是副刊云云，老實說我眞忘了，唯一記得的是張先生講完後現場舉手提問，一個滿臉粉刺音調高亢的男生問道：「爲什麼大多副刊的主編都是詩人？」

張大春回答：「因爲新詩的稿費太少。」

現場一陣哄堂大笑，我的朋友珊咪更是笑得花枝亂顫，大笑之餘她不忘奮力地舉起手，跳新疆舞似的舞動著，她那叮叮噹噹的手鐲發出陣陣悅耳的聲音，彷彿在極力說服：「我啦！我啦！我有問題啦！」

我想張先生並沒有聽到珊咪的叮叮噹噹。

演講後的某個下午，我去一家出版社應徵編輯，才剛坐下，一陣紫色的煙霧迅速瀰漫了我的視線——沒錯！正是滿身 Anna Sui 的珊咪，笑逐顏開地，從老闆的辦公室裡走出來。半個月以後，我到這家心塵出版社上了班，珊咪則成了我第一個合作的作者。她的第一本羅曼史就是仿 Stephen King 的《戰慄遊戲》而寫成的一本作家與讀者間恐怖爆笑又煽情的小說，不過當然有個出乎意料、圓滿而甜蜜的結局——這也是言情小說必須有的社會責任。小說出版才幾個月，竟然狂賣了五刷，珊咪因此一炮而紅。就這樣，我跟珊咪成爲了朋友，除了編輯與作者的關係之外，偶爾也在她的堅持之下提出一點我個人對她的愛情生活拘謹而理性的看法；雖然珊咪是個暢銷言情小說家，但在實際生活裡她卻是個低能到幾近弱智的情人，老是被騙被甩，還心甘情願，怎麼勸也勸不聽、打也打不醒；也許正因爲屢戰屢敗的戀情才讓她不得不寄託理想的愛情於字句篇章之間吧！

我倒了第二杯咖啡給珊咪並問她：「妳到底想不想復合啊？我覺得妳還滿想

的。」

「我是滿想，可是我不能啊！」珊咪哭喪著臉：「連為什麼跟他分手都沒搞清楚，怎麼能又復合呢？那不是開了自己一個大玩笑嗎？」

「那又怎麼樣呢？」我笑著說：「分手對妳而言，比要妳穿地攤貨吃麥當勞容易多了。」

「這次不一樣！」珊咪並不介意我的嘲謔，正經八百地說道：「我真的不明白自己幹嘛一直談這些沒有結果的戀愛？我已經三十五歲了，」她一臉哀慟有如世界末日般，頓了頓她又說：「所以我才想把它寫出來把自己理清楚，可是我根本就寫不下去，只要想到他我的腦筋就打死結，怎麼辦？怎麼辦？我這次真的完了！」

「珊咪！」我及時制止她的歇斯底里：「拜託妳把小說和妳的現實生活分開好不好？人生的問題不能在小說裡找答案吧？」我一副正氣凜然地說著……

老實說我心裡明白這話一點不成立：對於我、珊咪，和我所認識的其他作者——這些小說的愛好者而言，我們的生活總是一連串作者的名字：聖修伯里、張愛玲、沈從文、昆德拉，甚至曹雪芹；我們自有一套特殊的辨認方式、坐標或是氣味，例如我們的溝通，只消說那個人像張大春的透明人、像朱天心的愛波、像張愛玲的聶傳慶還是〈紅玫瑰〉裡的佟振保；那個情況很卡夫卡、很蒲松齡、很村上春樹，就這樣的那樣的，心領神會言簡意賅，我們不但懂了還百分之兩百的懂了，我們一直安全無菌地活在小說裡。更何況，不是每個讀者都有幸看到張愛玲、沈從文、昆德拉、曹雪芹，張大春或朱天心。

站在個人的角度上，多年來身爲一個言情小說的編輯，我是悲觀而麻木的，因爲我心知肚明我們的產品只比衛生棉強一點貴一點而已，我們只是用愛情這帖天眞的毒藥，餵食著我們的女性同胞而已，我自己是一點都不相信羅曼史跟愛情跟現實生活有什麼狗屁的關係，看看坐在我面前的珊咪你就知道我有多麼的肺腑之言，不過我暫時還不打算辭職就是。

「好吧！珊咪，」於是我關上電腦鎖上抽屜，一臉天眞無邪地說：「我下班了，一塊去松熹吃沙西米吧。」

自我筆記

這篇不是故事，而是這幾年來我在網路上書寫、與人用文字溝通交往之後所得到的一些感慨，再應證我所讀過的 New Age，所節錄並寫下的一些筆記。

我的 New Age 閱讀始於十五年前，那時我在異國——當年是逃出台灣的，因爲無法解釋的疲倦與低潮；我只想做另外一個、也許連自己都不認識的人。而的確，在異國的四年，我完全演足了另外一個人，不想我的姓名、父母、我的過去。

某天甚少聯絡的父親突然打了個電話給我，驚惶失措地告訴我「家裡陷入了困境」。

於是在很短的時間內，我便打理好所有的事務，買了張單程機票，就飛回家了。

這個回到台灣的決定和力量，我相信它是一種內在的衝動與低語，但是如果沒有之前兩年的 New Age 的閱讀，我不敢肯定自己有回去的勇氣，去面對家裡、和自己的一些困境。

回國不久，我在一個讀書節目的攝影棚意外遇見了王姊——她正是我那些NewAge書籍的翻譯者，我的大天使。我興奮而結巴地告訴了她我的感激，笑瞇瞇的王姊便邀我去參加她們的讀書會。

那天走在路上，我心裡充滿忐忑與不安；家裡的情況越來越糟了，我甚至懷疑自己有沒有力氣繼續下去。

我找到了地址、撳了門鈴，門慢慢地拉開——正是王姊，我還來不及說話，王姊已張開她的雙臂，將我擁入懷中——就像一朵溫柔的雲，軟綿綿的，卻是有力量而持續不斷地，海綿般吸走了我巨大的憂傷，剎那間我像個小娃娃般嚎啕大哭起來……

*

自我

自我是隱藏的自己用來在物質世界裡活動、實踐自己的工具。它能讓我們的，譬如說畫畫、寫作或運動等各種才能，有效的聚焦並實現。然而當自我捲入負面情緒，比如說恐懼的時候，它就不再是個有效的工具，反而變成不斷打擊你、壓迫你的內在攻擊力。當自我變得太過憂慮，它更是處處受制於負面的經驗而選擇錯誤的情緒反應，於是這個人就會覺得自己是個受害者，永遠在無能爲力的狀況下被迫反應。因爲那些累積起來的負面能量自動會創造出種種恐懼的模式，這個時候的自我，便成了瓦解而非創造的工具。

讓我引用賽斯資料來解釋自我與自己的關係：用一棵樹的樹皮來做比喻吧！樹皮是有彈性有活力的，它隨著樹皮裡的組織生長而生長，它是一棵樹與外在世界的聯絡人、樹的翻譯者，甚至，到某一個程度的說法，它是樹的親密伴侶。而人的自我也該如此。

自我，使人得以用自己的觀點來創造每件事情，當人的自我反過來變成一個軀殼，當它不去翻譯外在情況，反而強烈地去反抗他們時，它隨即硬化變爲一種禁錮，它開始消滅外在重要的資料，也不再增長來自內我的訊息。

自我的設計是保護性的，但如果，當它對外在反應太過激烈的時候，例如說：樹皮對於暴風雨打雷閃電的害怕，結果反而是它過度硬化了自己，樹的內在因此而枯死。這就是自我過於冷漠的一種結果。

文字與溝通

作爲溝通工具而言，文字顯然充滿了歧義與獨裁。每個字、一組詞意之後，它隱含了龐然的信念，和說話者個人對實相的聲明；但它不盡然是事實，對個人而言也許是的，但對其他人而言，卻未必。例如當我說到健康、金錢、誠實，跟另一個人說健康、金錢、誠實，也許是截然不同的兩組概念兩個世界，而從每個人的話語裡，你聽到的是他對自己隱密的看法，看到的是他對現實人生的反射與期許，甚至於是妄想、補償，卻不一定是實相。

在每個與我們錯身而過的朋友彼此的對待中，你選擇的是正面的表達？還是負面的攻擊呢？選擇的後面其實也充滿了你對自己的看法，這就是朋友如鏡子的譬喻，朋友就是你內在的反映，有時候，朋友甚至是你最不喜歡的那一面自己。

朋友之間的溝通若過度建立在語言或文字上，其支離滲漏的程度也跟著加大：往往情緒上的強度超過了語言，或拋棄了語言，這個時候的語言通常只有兩個選擇：不是淹沒在氾濫的情緒裡，就是被情緒肢解強暴。但如果把語言中的情緒拆開分解，找出表達中似是而非、互相依附攀爬的信念，順著它一層一層的，尋訪到感情的源頭，直到最後，承載感情的形式不再重要了，所有的需要縮減到最低，我所看到的只是最原始的渴望，或者可比喻爲一場人生的馬拉松比賽，永遠只有兩名終身的參賽者：愛，與愛的無能爲力。

然事實上是當我徹底感到無能爲力時，我便又重逢了力量的自己。

感情的形式

感情的形式永遠在找出口，無能爲力是一種，痛苦與憤怒是一種，當自我的罪惡、憎恨感越多，則越與別人、與善意和愛分離，於是愛就變成一種條件下的付出。這種以愛爲名的感情形式背後經常隱藏著控制與極大的不安全感。當這些負面感情積壓到最後很可能會以一種憤怒出現——憤怒亦是一種高能量情緒的表達，尤其是那些平常很克制自己的人，更會因爲一些戲劇化的理由，任憑情緒以一種決裂的方式出現，不小心就會走上暴力。我們的意識裡都攜帶著循環式的痛苦，並不因爲特別事件引起，它是一種定期的存在，一種情緒積壓的過程，平時潮汐般起伏，看似相安無事，但從高處俯瞰，生活竟像海灘，被這些情緒潮汐打得曲曲折折，太多的挫折使我們學會了自私冷漠、無情與憤怒。然而所有的負面情緒只是掩護，憤怒就是最好用的情緒盾牌。

於是轉而檢視憤怒。

憤怒是一種極端表達的情緒，憤怒的理由也許荒謬，但本質是一種情緒失控。失控引喻的是控制。有時候冷卻下來再回過頭來看，憤怒的那些東西也許早不具有效、傷害性。每一個憤怒的後面都有著恐懼的故事，甚至好多個恐懼的故事，然而再怎麼憤怒也得還原到情感的根本，那無非是心裡隱藏著一個害怕弱小的自己，有著恐懼的面貌。這時候我們所要做的就是站出來，對你的恐懼說：你再也傷害不了我了。接受自己那曾經害怕弱小的理由，並安慰心中那弱小的自己，因爲所有曾經的你，都是令你現在眞實的理由。而恐懼是這樣，一旦被看破了手腳，它會轉過身來加入你，變成你的信心與力量。

憤怒、恐懼、懷疑、自卑、冷漠、愛的無能爲力，都是各種感情上的僞裝，是愛的陰影。任何的僞裝皆是種扭曲，它是能量硬被擠入一個特定的形式，好比樹皮的譬喻，過度的好意與保護，亦足以令自我窒礙難行。

因爲憤怒，我們把自己變成一個怒火中燒的戰士，隨時等著抵抗從天而降的侵略；因爲自卑支持著你的懷疑，自我便接收不到別人原本的、正確的訊息，甚至把最平常最自然的善意轉譯成別有用心。在恐懼扭曲世界之前，自我業已扭曲了個人的心智、愛與接受的能力。然則仔細去檢查那些恐懼的原因，竟然有絕大部分是出自沒有自信或者太過需要別人的肯定與讚美，而往往這些需要別人的喜歡、讚美來肯定自己的人，其實非常脆弱。他們習慣活在別人的眼光裡，根本沒有機會看到眞實的自我。

眞實的自我，只有在誠懇面對自己，沒有好壞判斷，坦然接受自己的一切時，才會露出本然的樣貌；也只有面對了眞實的自我以後，才會有更高善的視角，看清人我的關係，定義自己的界線在哪，別人的又在哪兒，行事才有了標準。當自我的一切定義清楚了以後，生活才可能變得輕鬆自在，正面而健康。

生之主動

關於「因爲人家怎麼樣怎麼樣，我才怎麼樣怎麼樣」這種說法，是種不負責的生命態度。「生命」的力量本來自主動。當人處於被動的時候，他的喜悅就會被剝奪，力量就要被削弱。老把自己視爲受害者是種自憐的心態、幼小的人格，而且並不能解決事情。當你抱怨某人或某事使你悲傷或生氣時，問問自己，爲何選擇那種方式經驗那種感覺？怪罪他人永遠只是削弱自己的力量。

眞正的力量是：「推動的能力、愛的能力、鼓勵人的能力，以及幫助別人認識他們自己是誰的能力。」而非其他。

因此不需要告訴別人我們的選擇或放棄的理由，也不需要向任何人證明我們的價値，不必與不尊敬你或對你不好的人周旋，不要讓你的自尊建基在別人如何對待你之上，因爲他們如果不懂得尊敬別人，當然也不懂得尊敬自己，那是他們的問題，不必演繹成你的。

尊重自己和自私自利間有條很細的線，而憤怒往往使人越過那條線，走上權力鬥爭，進而關上彼此的心。每一刻我們都在選擇自己的感覺。對別人感受敏感，和試圖取悅他們是不一樣的，要願意去看他們的需要和想望，並留心出去的能量，因為你給出什麼，也將得回什麼。自我主義和謙虛之間也有條線，走在那條線上，力量會表現出一種平衡的狀態，自我主義並不是自信，或者過分自負，而是它的反面——缺乏自信。不要在意別人怎麼看，重要的是，自己怎麼看自己。這是在夜深人靜，當與心裡那個巨大孤獨的自我碰面時，再也無法對抗的剎那，最不能隱瞞也最不能逃避的一件事了。

後記：

本文所有觀念的引用與闡述均來自王季慶小姐所翻譯的新時代賽斯叢書系列，由方智出版，在此謹致上我最高的感謝與敬意。

INK PUBLISHING 文學叢書 113

明明不是天使

作　　者　林　維
繪　　圖　Library
總 編 輯　初安民
責任編輯　施淑清
美術編輯　許秋山　張薰方
校　　對　施淑清　林　維

發 行 人　張書銘
出　　版　**INK** 印刻出版有限公司
台北縣中和市中正路 800 號 13 樓之 3
電話：02-22281626
傳真：02-22281598
e-mail:ink.book@msa.hinet.net
法律顧問　林春金律師

總 代 理　成陽出版股份有限公司
業務部／訂書電話：02-22256562　訂書傳真：02-22258783
訂書地址：台北縣中和市中正路 800 號 11 樓之 2
e-mail ：rspubl@sudu.cc
網址：舒讀網 http://www.sudu.cc
物流部／電話：03-3589000　傳真：03-3581688
退書地址：桃園市春日路 1490 號
郵政劃撥　19000691 成陽出版股份有限公司
門市地址　106 台北市新生南路三段 96-4 號 1 樓
門市電話　02-23631407
印　　刷　海王印刷事業股份有限公司

出版日期　2006 年 1 月 初版
ISBN 986-7108-11-6
定價　280 元

國家圖書館出版品預行編目資料

明明不是天使／林維 著.--初版,
--臺北縣中和市：INK 印刻,
2006〔民 95〕面；　公分（文學叢書；113）

ISBN 986-7108-11-6（平裝）

857.63　　94024144

INK INK INK INK INK
INK INK INK INK INK INK
INK INK INK INK INK
INK INK INK INK INK INK
INK INK INK INK INK
INK INK INK INK INK INK
INK INK INK INK INK
INK INK INK INK INK INK
INK INK INK INK INK
INK INK INK INK INK INK
INK INK INK INK INK
INK INK INK INK INK INK
INK INK INK INK INK
INK INK INK INK INK INK
INK INK INK INK INK
INK INK INK INK INK INK
INK INK INK INK INK
INK INK INK INK INK INK
INK INK INK INK INK
INK INK INK INK INK INK
INK INK INK INK INK
INK INK INK INK INK INK
INK INK INK INK INK
INK INK INK INK INK INK

INK INK INK INK INK INK
K INK INK INK INK INK IN
INK INK INK INK INK INK
K INK INK INK INK INK IN
INK INK INK INK INK INK
K INK INK INK INK INK IN
INK INK INK INK INK INK
K INK INK INK INK INK IN
INK INK INK INK INK INK
K INK INK INK INK INK IN
INK INK INK INK INK INK
K INK INK INK INK INK IN
INK INK INK INK INK INK
K INK INK INK INK INK IN
INK INK INK INK INK INK
K INK INK INK INK INK IN
INK INK INK INK INK INK
K INK INK INK INK INK IN
INK INK INK INK INK INK
K INK INK INK INK INK IN
INK INK INK INK INK INK
K INK INK INK INK INK IN
INK INK INK INK INK INK
K INK INK INK INK INK IN